目次

contents

マドンナメイト文庫

ナマイキ巨乳優等生 放課後は僕専用肉玩具

竹内けん

ナマイキ巨乳優等生　放課後は僕専用肉玩具

第一章　巨乳優等生の秘密

「畠山《はたけやま》くん、おはよう」

　五月晴れの朝。いつものように登校するため、畠山和馬《かずま》は最寄り駅のホームにて電車を待っていた。

　挨拶を受けて振り返れば、澄明《ちょうめい》な光のシャワーを浴びながら、女子生徒が独り立っている。

　半袖の白いセーラー服、首回りには朱色のスカーフ、下半身は紺色の襞《ひだ》スカート。そこから健康的な太腿が覗き、膝下までの白いソックス。そして、足元は艶やかな黒い革靴だった。

　それは、初夏の女子高生の定番の装《よそお》いである。

　色白な純和風の顔立ちに、黒縁の眼鏡をかけ、セミロングの黒髪を背中に流している。学生カバンを両手で持ち、口元には静かな古拙《こせつ》な笑みをたたえていた。

身長は高校二年生の女子としては平均といったところだろうか。高くも低くもない。手と足もごく標準的な太さと長さだ。ただし、体重は平均を少し上まわっているのではないかと推測される。なぜならごく一部、一般的な女子高生よりも肉付きがいい部分があるからだ。すなわち、乳肉はかなりの質量である。セーラー服越しにも標準を大きく上まわっていることが見て取れた。

だからといって、太っているという印象はない。セーラー服越しにも腰はかなりくびれていることが見て取れる。

その第一印象は、だれもが文学少女だと思うに違いない。そして、「委員長」という綽名《あだな》をつけたくなるのではないだろうか。

実際に二見《ふたみ》高校の二年一組のクラス委員長だ。

眼鏡の奥の瞳は理知的だが、柔らかい曲線を描いた頰が知的美人にありがちな冷たさを緩和し、子供好きしそうな暖かい雰囲気を醸し出している。ピンク色の小さな唇が陽光に映えて瑞々しい。

絶世の美人というには、文系に偏っているし、年齢不相応に落ち着いているため、好みが別れるかもしれない。とはいえ、才媛《さいえん》であることはだれもが認めるだろう。

「ああ、おはよう」

いささか気おくれしながら挨拶を返した和馬は、すぐに前に向きなおった。

そのすぐ後ろに並んだ、この女子の名前を、菊池芙美代《きくちふみよ》という。

「……」

ナイフのような視線を後頭部に突きつけられているような居心地の悪さを感じて、和馬は落ち着かなかった。

芙美代の眼光は鋭いというわけではない。それどころか、いつもの柔和な笑みを浮かべているだろう。そんなことは見なくともわかるのに、イヤな汗がでてくる。

(負け犬根性だってのは自覚しているのだがなぁ)

無駄な緊張を強いられながら、和馬は内心でため息をつく。

芙美代とは、小学校、中学校、高校と同じだ。しかし、幼馴染みというわけではない。

親しく会話を交わすような仲ではないからだ。ただ、これだけ長いこと同じ学校に通えば、顔見知りとなり、顔を合わせれば挨拶を交わす程度の関係にはなる。

特に嫌なことをされた経験もないのに、なぜ苦手意識を持っているかといえば、勉強でまるで勝てないからだ。

和馬とて、それなりに頑張っているつもりである。しかし、彼女と自分ではものが違うのだ、と思い知らされてしまっていた。

なにせ、この女ときたら小学校のときも、中学校のときも、高校のときも、学校でテストがあれば、常にトップを取るのだ。

その才女ぶりは、否応なく近所で評判になり、和馬の母親からも再三にわたって「芙美代ちゃん、すごいわね。あんたも頑張りなさい」と嫌味を言われている。

和馬としても、一度でいいからこいつより上の点数を取りたいとひそかにライバル意識を燃やしていないわけでもないのだが、いまだ勝利の快感というやつを味わったことはなかった。

高校の入学試験でも主席だったらしい彼女は、新入生代表の答辞を読み、一年生のときから生徒会のメンバーに選ばれて、書記をしている。すなわち、次代の生徒会長として教職員たちからも見込まれているのだろう。

それでいて、偉ぶらず柔和な性格で、クラスメイトといわず、友人知人すべてに信頼されている。

まったく非の打ちどころがない女だ。

(まさに化け物だな)

負け続けた和馬は、諦めの境地に達しつつある。

完璧すぎるがゆえに、凡人には眩《まぶ》しい。

彼女と比べると、自分がいかに卑小な人間かを思い知らされるような気がして、あまり顔を合わせたくなかった。しかし、同じ小学校に通ったくらいだから、家はそれなりに近い。最寄り駅もいっしょだ。そして、同じ高校に通っているのだから、毎朝、通学のときに顔を合わせてしまう。

(ああ、忌々《いまいま》しい)

じわじわと精神力を削られる苦行に耐えていると、定刻どおりに電車は到着した。

和馬は出入口付近に立ち、芙美代は独りで椅子に座る。添えた太腿の上にカバンを置く。さりげないが決してスカートの中を覗かせない鉄壁のガードをしたうえで、お洒落なブックカバーに包まれた文庫本を取り出す。

半ばに挟まれていた栞《しおり》は、青い押し花だった。おそらく手作りだろう。

姿勢正しく、文庫を読む姿がいやになるほどに絵になる。

電車の揺れに身を任せながら、和馬は内心で皮肉っぽく毒づいた。

(いまどき、電車で文庫本を読むようなやつはこいつぐらいだよな)

車内にいる他の女子高生は、たいていスマートフォンを見ている。ゲームをしているのか、電子書籍を見ているのか、動画サイトを見ているのかの違いはあるだろうが、液晶画面を見ているものだ。

そんな中で、紙媒体で本を読む姿は、古きよき女学生といった不思議な気品を漂わせていた。

その清楚なたたずまいは見えざる涼風となって、車内の人々に清涼な空気を運んでいるかのようだ。

通勤ラッシュに揉まれているサラリーマンたちは、砂漠にオアシスを見つけたとでもいいたげな表情で遠巻きにしている。

数駅すぎると、和馬の友人が乗ってきた。

「お、菊池女史は今日も綺麗だね。目の保養、目の保養。あぁ、一度でいいからあの大きな乳房で慰めていただきたい」

「命知らずだな、おまえ」

友人の感想に、和馬は真顔で肩を竦《すく》めた。

「命知らずって。あのバブミ感溢れる菊池女史になにいっているんだ」

バブミとは、赤子のように甘えたいという、包容力を感じさせる女性に対する敬称として使われるTwitter用語である。

「カズは、菊池女史とは小学校からいっしょの幼馴染みなんだろ。なんかないの?」

「あるわけねぇだろ。第一、幼馴染みじゃねぇよ。たまたま、学校が同じだっただけだ」

和馬はムキになって否定した。

たしかに芙美代が巨乳美人で、頭がよく、性格もいいことを認めることはやぶさかではない。だから、彼女の外面《そとづら》に騙されて憧れる男の心理を理解できないわけではないとはいえ、自分は絶対に御免だと思う。

柔和な笑みをたたえた彼女の眼鏡越しの大きな瞳で見つめられると、すべてを見透かされているような怖さを感じるのだ。

「バブミという意味なら、橋本《はしもと》先生のほうがあるだろ」

和馬の反論に、友人は腕組みをして難しい顔になる。

「橋本ちゃんか。大人の女……だよな。うん、顔はいい線いっているし、おっぱいも大きい。だけど、そこはかとない残念臭がするんだよな」

橋本早苗《さなえ》。和馬のクラス担任だ。年齢は二十八歳。独身。生徒たちからの印象としては恋人もいなさそうである。

「いやいや、そこがいいんだろ。完璧な女なんて、付き合っても疲れるだけだぞ」

「なに、カズは守ってやりたいタイプ？　男だね～」

「違う違う。俺の夢はハーレムだって。学校中の美女美少女は俺のもの」

和馬と友人たちのバカ話が聞こえているのかいないのか、芙美代は澄ました顔で読書を続けている。

「……」

そうこうしているうちに、電車は二見高校の最寄り駅に着く。

芙美代は文庫本をしまうと、和馬たちの前を通って電車を降りた。そのさいにふわっとしたシャンプーの香りが漂う。

「ああ、なんて素敵な匂いなんだ」

「バカ言ってないで行くぞ」

やにさがった顔をした友人を急《せ》かして、和馬たちも電車を降りる。

先を行く芙美代が改札口を抜けると、小柄な少女が明るい声とともに軽快に駆け寄った。

「菊池先輩、おはようございます」

黒髪をボブカットにし、白いセーラー服と膝丈のプリーツスカートという二見高校の女子の制服を着ている。小さな顔と、小柄な体型。肌はクリスタルのように透明感がある。スカートの裾は、芙美代よりも明らかに短く、細くて長い脚を惜しげもなくさらしている。それはいかにも俊敏そうで体重も軽そうだ。当然、胸元によけいな贅肉もない。

「飛鳥《あすか》さん、おはよう」

芙美代はしっとりとした笑顔で迎える。

さらに元気な少女は右手をあげて、後列の和馬にも挨拶してきた。

「畠山先輩も、おはようございます」

抜けるような青天の朝にふさわしい、輝くような美少女の名前は北川《きたがわ》飛鳥。二見高校の一年生だ。

今年度の新入生代表だった。そして、女子バスケット部に所属している。中学校時代に全国大会に出た実績を持つ。

活発な少女であり、一年生でもっとも目立つ少女といっていいだろう。

「おう、おはよう」

挨拶を返した和馬も、バスケ部に所属していることもあって顔見知りなのだ。

文系の芙美代と体育会系の飛鳥は、接点がないようにみえるのだが、体育館の修繕のことで、生徒会の芙美代が便宜を働いたらしく、それ以来、なつかれているらしい。

敬愛する先輩のもとに近づいた飛鳥は、そのまま芙美代に抱き着くと、あろうことか大きな胸元に顔を埋《うず》めた。

そして、顔を左右に振るう。

「ああ、癒される〜」

「やめなさい」

芙美代は慌てずに、少女の頭を軽く叩いて引き剝がす。

「えへへ」

楽しそうに笑う少女は、悪戯《いたずら》小僧のように笑う。

「羨ましい……」

友人の呟きに、和馬は肩を竦めた。

ともかくも和馬たちは学校に向かって足を進める。

和馬の友人が、芙美代の姿を見て癒されたいというので、芙美代たちのあとに続く。

元気の有り余っている飛鳥は、芙美代の周りを子犬のようにまわりながら、談笑している。

(ったく、あんなおっかない女によく発情できるよ)

芙美代がだれかに暴力を振るうということはないだろう。しかし、いざ彼女の敵となったら、人知れず葬り去られるような怖さがある。

(まぁ、俺の偏見なんだけどな)

そんなことを考えているうちに、一行は二見高校に到着した。

ちょうど校門に差しかかったとき、車道に黒塗りのリムジンが停車する。

「おっと、生徒会長さまのご尊顔を拝せるなんて、今日は朝から縁起がいいな」

友人の軽口を、和馬は苦笑した。

運転手のおじさんが下りてきて、後部座席の扉を引く。

「ありがとう」

涼やかな声に続いて、すっと黒タイツに包まれた長いおみ足が路面に降りた。ついで長い黒髪を払いながら長身の女性が現れる。

前髪パッツンの姫カット。さらりと朝陽に流された黒髪は、キューティクルが効《き》きすぎて光の川に見えたほどだ。

女にしては背が高い。並の高校生男子よりもある。それでいて体のバランスがいいから、一見、大きいという気はしない。スラリとした長身のいわゆるモデル体形だ。

セーラー服にはきっちりアイロンがかかっていて皺がなく、胸元の赤いスカーフにも乱れがない。

顔は怜悧《れいり》という表現がぴったりである。まるで一流の彫刻家が彫り込んだかのような、細く高い鼻梁に、切れ長の目。きゅっと口角の吊り上がった赤い唇。計算されたかのような美貌だ。クールビューティという言葉がよく似合う。

美しい花には棘があるというが、真っ赤なバラを擬人化したかのような美人だ。見ている分には美しいが、手を出したら棘が刺さる。しかも、その棘には致死性の毒がありそうだった。

ほぉ〜と感嘆の吐息があたりから漏れる。

「生徒会長、おはようございます」

芙美代が丁寧に頭をさげる。

「会長、ちわ」

飛鳥は砕けた調子で挨拶する。

二見高校の生徒会長、五十嵐《いがらし》玲子《れいこ》だ。三年生。

詳しくはしらないが、運転手付きの自動車で登下校を送迎されているのだ。きっといいところのお嬢様なのだろう。

玲子は軽く手をあげて挨拶を返す。

「菊池さん、北川さん、おはよう。いい天気ね。本日も学問に励みましょう」

なにげない挨拶なのに、あたりを圧する品位を感じさせる。

生徒会長が、生徒会書記を把握しているのは当然として、次代の生徒会役員ということで一年生の飛鳥も見知っていたようだ。

堂々たるモデル美人の玲子、文系巨乳美女の芙美代、活発なスポーツ少女の飛鳥は連れ立って校門をくぐる。

学年こそ違うが、いずれも、学力、運動神経、容姿に恵まれた各学年でもっとも目立つ女生徒だ。

たまたま居合わせた生徒たちは憧れの視線を送っている。

芙美代と違って、生徒会長と親しく挨拶を交わす関係ではない和馬は、友人たちとともに校門を通り、校舎に入った。

和馬の友人が興奮ぎみに感想を言う。

「いや〜、朝からいいものがみられた。さすがは会長とその取り巻きの方々。まさにスクールカーストの最上位の女たちといった風格だったな」

「言ってろ」

和馬は生徒会の美女軍団などに憧れなど微塵も抱いていなかった。

(芙美代と対等に付き合えるってことは、どの女も人外の化け物たちだ。俺のような

凡人とは生涯、縁がねぇだろ。遠くで幸せになってくれ）
内心でうそぶきつつ、和馬は二年一組に向かった。すなわち、芙美代がクラス委員長を務める教室だ。
そして、なんの因果か隣の席に、彼女はいる。

「やっほ〜」

和馬たち二年一組の生徒たちが教室で待機していると、チャイムと同時に甘栗色の短髪をした先生が入室してきた。

薄いピンク色のブラウスに、厚手の茶色のスカートは膝を隠す程度。そこから覗く両足にはブラウンのパンスト。足元はクリーム色のパンプス。実に女教師らしい装いをした大人の女である。

クラス担任の橋本早苗だ。担当教科は数学。

「あ、橋本先生、おはようございます」

フレンドリーな教師に対して、生徒たちも親しげに声をかける。

早苗が教壇に立つと、クラス委員長である芙美代が声をかけた。

「起立。礼。着席」

生徒たちは椅子を立ち、一礼してから再び椅子に腰を下ろした。

「さぁ、今日も張りきっていこう！」

教台の上に出席簿を置いた早苗は、景気よく朝の連絡を告げる。

その間、机に頬杖をついた和馬は、早苗を眺めていた。

(早苗ちゃんって、いい女だと思うんだけどなぁ)

中肉中背。二十代後半の女性としては平均的な体型なのではないだろうか。少なくとも和馬の同級生の女子たちよりは圧倒的に大人の女だと実感できる魅力的な容姿だ。

ただし、芙美代、玲子、飛鳥のような非凡さは感じられない。

おそらく全国のどこの学校にでもいる、明るく元気な女教師だろう。

それだけに和馬は惹かれていた。

(あぁ～、早苗ちゃんにいろいろと教えてもらいたい)

童貞少年にとって綺麗なお姉さんというのは、それだけで憧れの対象だ。そのうえ教師となったら、ついついそういう邪《よこしま》な願望を持ってしまうのはやむを得ない心の動きというものだろう。むろん、本当に教師とそういう関係になれると考えているわけではない。

朝のホームルームの最後に、早苗は思い出したように告げる。

「あ、そうそう。来月は生徒会長選だよ。各クラスから一人ずつ立候補者を出すことになっているから、来週までに決めておいてね」

「そんなの菊池さんに決まっているじゃん」

女生徒の言葉に、みなが笑いながら同意する。

(そして、当選することまで既定路線だな)

おそらく和馬を含めてだれもが、そう考えたことだろう。

「……」

和馬がチラリと横の席に目をやると、芙美代は少し困った顔で微笑を浮かべている。

積極的にやりたいわけではないが、自分がやるしかないんだろうな、といった悟りの境地といったところだろうか。

和馬にとっては他人事《ひとごと》だ。

「それじゃ、数学の時間にまた会おう」

そう言い残して早苗は、颯爽と教室からでていった。

「……」

放課後、部活を終えた和馬が荷物を取るために教室に戻ると、西日射す教室にてクラスメイトが独り残っていた。

そのこと自体は、特別なことではない。

気に留めることなく自分の荷物を持って帰路につこうとした。しかるに、その人影は、和馬の席の机の角に跨っていたのだ。

とっさに意味がわからず、和馬は立ち尽くす。

赤い夕陽のお陰で、影絵のようにみえるその生徒は、机の角を股間に押し当ててモゾモゾしていた。

(俺の席でなにをしている？)

学校の備品に所有権を主張するのは、いささか筋違いかもしれないが、毎日、使っているものに変なことをされるのは愉快な気分ではない。

男であったなら、有無を言わさず詰問したことだろう。

しかし、夕陽を浴びて浮かび上がったシルエットはどうやら女のようなのだ。

和馬は、彼女の左側背に立っていた。そのため、その女は自分の行為に夢中で、和馬の存在にまったく気づいていない様子だ。

「あ、はぁ、ああ……」

か細い声を出しながら、スカートに包まれた股間を机の角に押し付けている……だけではない。

その女は、右手を机に置いてバランスを取りながら、左手を腹部のあたりから白いセーラー服の内側に入れていた。そして、おそらくは左胸を揉みしだいている。

「あ、はぁ、ああ……こんなこと、したら、ダメなのに……ああ、もう、止まらない」

切羽詰まった喘声が聞こえる。

(この声は菊池か?)

それほど親しい相手ではないが、ひそかにライバル視している女だ。

声を聴き間違えるとは思えなかった。

それでよく見ると、背中にかかるセミロングの黒髪は、間違いなく学年一の才女、菊池芙美代だ。

それが机の角に股間を押し付けて、そこを支点にして両足を上げて、ふらふらさせている。

後ろから見ると、紺色のプリーツスカートが捲《めく》れてしまい、白いパンティに包まれたでかい尻が覗く。

(いったいなにをって、まさかっ!?)

聞いたことがある。女は机の角などに股間を押し付けて自瀆することがあるらしい。それを角オナニーというとか。

いま芙美代が独り夢中になっている所業。これこそが、その噂の行為なのではないだろうか。

（菊池のやつが、オナニーだと!?）

異性に夢見る年ごろである和馬は、女がオナニーするということを今一つ、信じられなかった。しかし、実演を見ることになってしまったのだから否定できないだろう。

しかし、それを受け入れるのはなかなかに困難であった。

なにせ、文武両道に優れ、容姿人柄ともにだれもが認める優等生の鑑《かがみ》みたいな女だ。

（いや、まぁ、菊池とはいえ、生身の女だったということか。そりゃ、オナニーしたくなることもあるよな。しかし、学校ですることはねぇだろ。しかも、よりによって俺の机で……）

見てはいけないものを見てしまった。

声をかけるのも悪い気がする。だからといって、教室から出ていくわけにもいかない。

変な音を立てて気づかれたら、お互い気まずいことになるだろう。

（どうする？　この状況。どうしたらいい？）

判断のつきかねた和馬が呆然と見守るなか、なにも知らない芙美代は白いセーラー服をたくし上げる。

健康的な腹部に続いて、白いブラジャーに包まれた胸元があらわになった。

それも上にたくし上げる。

ぷるん！

大きな重量感のある脂肪の塊《かたまり》が二つ、まろびでた。

夕陽のせいでシルエットでしかわからないが、優美な曲線をしているのはわかる。

制服の上からでも十分に予想されていたことだが、かなりの巨乳であった。

（で、でけぇ。おまえは牛か、牛なのか。絶対に母乳でるだろ、それ）

和馬が女性の乳房を、生で拝見したのはこのときが初めてだ。動揺する心とは裏腹に、視線は釘付けになる。

大きな乳房にふさわしく、先端がビンビンにしこり立っていた。

その大きな塊を手に取った芙美代は、ゆっとりと揉む。

「はぁ……はぁ……はぁ……」

芙美代の左後ろに立つ和馬の視界からは、芙美代の白いふっくらとした頬を見ることができる。

眼鏡をかけた芙美代の視線は、どこを見るでもなく西日射す窓の向こうを向いている。

他人の目があるとも知らずに、自瀆行為はどんどんとエスカレートしていった。

「ああん、ああ、気持ちいい、気持ちいいわ。畠山くんの机でこんな……ああ」

ただひたすらに、自分の世界に浸った芙美代は、机に股間を押し付け、乳房を揉む。いや、揉みしだいている。

「ああ、もう……」

苛立たしげに舌打ちをした芙美代は、右足を机の上に乗せる。

とてもふだんの彼女がやる態度とは思えないが、そのほうが机の角を、より局部にこすりつけられるのだろう。

さらには自ら右の乳房を持ち上げて、顔をうつむけると、口唇から舌を伸ばし、なんと自らの乳首を舐めだした。

マイパイナメ。巨乳女だけができる荒業だ。

ペロペロペロ……。

「ああっ、もう、イク、イッちゃう！」

西日射す教室の中、濡れ光る乳首から口を離した芙美代は、大きく口を開いたまま背筋をのけぞらせた。

巨大な二つの乳肉が、勢いよく天井に向かって跳ね上がる。

(これが女のイクってやつか)

和馬は未成年である。アダルトビデオの類《たぐい》も見たことがない。よって、女のオナニー姿を見たのは、むろん、初めてだ。

「はぁ……はぁ……はぁ……はっ!?」

右足を机の上に投げ出し、机の角に局部を押し付け、丸さらしにした乳房を手に取ったまま余韻に浸っていた女が、背後の気配にいまさらながら気づいたようだ。眼鏡の向こうで視線だけ動かした。

和馬を捉えた瞳が、大きく見開かれる。そして、おずおずと口を開いた。

「は、畠山くん……!?」

「お、おう……」

まさか無視するわけにもいかず、和馬は軽く右手をあげて応答する。

おっぱい丸出しで、机の角に跨った状態のまま芙美代は、硬直してしまっていた。

彼女はいたたまれない思いをしているのだろうが、こちらとしてもいたたまれない。

我に返った芙美代は、慌ててブラジャーはそのままに白いセーラー服をもとに戻し、机にあげていた右足を下ろした。そして、いまさらながら恥ずかしそうに、右手で顔を隠す。

「……見ていたの？」

「……」

和馬は返事に困った。

見ていないというのは無理のある状況である。しかし、見たと答えるのは彼女があまりにもかわいそうだろう。

人には見られたくない痴態というものがある。その一つにオナニーをしている姿というものがあるだろう。まして、女子。それもだれもが認める真面目な優等生であったらなおさらではないだろうか。

(まさか、泣かないだろうな)

芙美代は、頭がよくて、美人で、包容力もある。真の意味で強い女だと、和馬は認識していた。

そんな女に泣かれたら、どうしていいかわからない。

和馬が返答しないでいると、不意に芙美代は両手を揉みしだきつつ訴えてきた。

「畠山くん、こ、このことは……だれにも、いわないで……。お願い」

「いや、だれにも言うつもりはねぇし……」

およそ芙美代らしくない哀れな態度に、和馬はぶすっと答える。

第一、芙美代が放課後、教室で独りオナニーに耽《ふけ》っていたなどと公言したら、「そんなウソをついてなにが楽しいの」と和馬のほうが人望を損なうだろう。

目のやり場に困りながら和馬は口を開く。

「そんなことより、まずスカート直そうぜ。パンツ丸出しだ」

「っ」

芙美代は慌てて、左手でスカートを股間のあたりから押さえる。

いつも悠然《ゆうぜん》としている優等生が、情けないへっぴり腰で口を開く。

「お願いよ。わたし、なんでもするから……」

「なんでもする？」

妙なエロさを感じた和馬に、芙美代は頬を染める。

「ええ、秘密にしてくれるなら、畠山くんの望むことをなんでもするわ。なんでも命じて」

「いや、そんな……」

とにかくこのいたたまれない空間から逃げたい和馬の前で、なにやら納得した顔で芙美代は頷く。

「わかったわ。まずわたしの覚悟のほどを知りたいのね」

「いや、別に……」

「例えば……こんなことはどうかしら？」

戸惑う和馬をよそに、表情を硬くした芙美代はスカートの中に両手を入れるとなにかをするすると引き下ろした。

右足を、次いで左足をあげて、白い布切れを取り出す。

（パ、パンティ……だよな？）

なんでいきなり下着を脱いだ。意味不明な行動に困惑している和馬が見守るなか、顔を真っ赤に染めた芙美代は、脱ぎたてのパンティの二つの足穴に両手を入れると、顔の前にかざした。

そして、五指を開いて、布を広げ、クロッチの裏面を和馬にさらしたのだ。

たった今までオナニーしていたのだ。ホカホカと人の温もりを感じそうな布の中央には、こってりとした濡れジミができていた。

「どうか、これで許してください」

「いや、許すもなにも……」

俗に言う「パンティであやとり」といわれる仕草である。

真面目娘の顔と穢《けが》れたパンティを同時に見るのは、なかなかに破壊力のある光景だ。

漫画であったら、鼻血を噴き出してぶっ倒れたことだろう。

芙美代のほうも顔を真っ赤にして、眼鏡の奥で目が座っている。

「はぁ……はぁ……はぁ……こんな汚れたパンティを、人様に、それも男の子に見せただなんて、女の生き地獄ね」

「いや、そう思うならやめろよ」

和馬の指示に従って、芙美代は自らの穢れたパンティを下ろした。そして、机の上に置かれていたカバンの上に置く。

それから改めて、和馬の顔を上目遣いに見上げてくる。

「どお、これでわたしがなんでも言いなりになるって信じてくれた？」

「……ごくり」

いま目の前にいる女はノーパンである。ついでにいえばセーラー服の中のブラジャーも外れているはずだ。

（なんでも言うことを聞くということは、もしかして、やっちまってもいいということか？）

和馬は童貞である。恋人いない歴＝年齢だ。

女に興味がないわけではない。いや、興味津々だった。

芙美代は、はっきりいって美人だ。巨乳だが、太っているという雰囲気はなく、メリハリのあるボディである。

和馬の友人にも、芙美代が好みだという男は多かった。

学業ではまったく勝てない。そんな女に逸物をぶち込んで、ヒーヒー言わせて屈服させる。そこにオスとしての欲望を刺激されないわけにはいかない。

（あの菊池に、ち×ぽをぶち込むのか？　あの菊池が俺の言いなりになるのか？　あの菊池になにをしてもいいのか？　めちゃくちゃに犯していいのか？　やりまくっていいのか？）

エロ漫画などで見たことがある。知的で上品な女が、泣きながら犯されて、望まぬ快感に身悶える姿。

その突如起こった下剋上。棚ボタ展開のあまりの都合のよさに、和馬は興奮し、手を伸ばした。

「ひっ」

悲鳴を呑み込んだ芙美代は薄い肩を振るわせて、首を竦める。

そのさまを見て和馬は我に返った。

芙美代の肩を摑み、押し倒そうとする寸前で、和馬はぐっと我慢した。

(それはいくらなんでも恰好悪すぎるだろ)

泣いていやがる女を脅して犯すなどという行為は、和馬の青くさい正義感が許さなかった。

「まぁ、オナニーぐらいだれでもするだろ。気にするなって」

努めて平静さを演技した和馬は、自分の机に手を伸ばしてカバンを取った。そして、踵《きびす》を返す。そのまま立ち去ろうとしたところ、後ろから腰のベルトを摑まれた。

「うわっと」

驚いて振り向いた和馬の顔に、柳眉を逆立てた芙美代の顔が迫った。

「そうではないでしょ！　男子たるもの、女子のオナニーを見たら、それを口実に脅して、辱め、肉便器としてしまうのがお約束というものでしょ！　マドンナメイト文庫を読んだことないの！」

「はぁ？　なにいっているんだ、おまえ。というか、それっ十八禁じゃねぇの」

「違うわよ。どこにもそんなことは書かれていないわ」

脱ぎたてのパンティの置かれていたカバンから文庫本を取り出した芙美代は、お洒落なブックカバーを外してみせた。

中からセクシー美女の表紙があらわになる。

（おまえ、いつも電車の中で真面目な顔してそんなもの読んでたのか）

呆れるクラスメイト男子の困惑を無視して、愛読書をしまった真面目なクラス委員長は有無を言わさずに命令してくる。

「ほら、スマホのカメラ機能を起動させなさい」

「いや、なんで？」

「つべこべ言わないで、構えて！」

よくわからないが、芙美代のかつてないテンションに逆らい難いものを感じた和馬は、慌ててスマートフォンを取り出してカメラを構える。

「これでいいのか？」

「うふふ、そのままよ」

頬を紅潮させながらも、なぜかどや顔の芙美代は、先ほどとは前後を逆にして机に腰をかけた。そして、自らのスカートの裾を摘まむ。

（まさか？）

芙美代のやらんとしていることを察して和馬は生唾を飲んだ。

その食い入るような男の視線を楽しむような笑みを浮かべつつ顔を赤らめた芙美代は、紺色の襞スカートをゆっくりたくし上げた。

むっちりとした白い太腿がゆっくりと、奥まであらわになっていく。

(あ、すげぇ濡れている)

芙美代の白い内腿が濡れていた。

汗ではないだろう。小水でもない。なんの液体による濡れであるか、想像がついた和馬は生唾を飲む。

芙美代は先ほど、下着を脱いだ。つまり、現在ノーパンである。それでスカートを捲ったらどうなるか。

「……」

和馬の食い入るような視線のまえで、スカートの裾は完全に捲れる。

二本の白い太腿のつながった部分には、黒々とした陰毛に彩られた陰阜があった。恥丘がかなり盛り上がっている。いわゆるモリマンだろう。さすがは凹凸に恵まれた体である。

他の女性の陰毛を見たことはないが、意外と濃いほうではないだろうか。その濃いめの陰毛は、先刻まで角オナニーをしていた影響であろう。千々に乱れて、濡れそぼっていた。

男の視線を局部に感じた芙美代は、顔を真っ赤にしながら勝ち誇った顔で口を開く。

「男の子ってみんなここが見たいのでしょ？」

「……ああ」

返答に困った和馬であったが、素直に頷いた。

「あは、いいわ。畠山くんに全部みせてあげる。あんな恥ずかしい姿をみられた女はもう逆らえないもの」

自らを追い込みつつ呼吸を乱した芙美代は両足を上げて、上履きの踵を机の端にかけた。そして、M字開脚になる。

和馬の視界には、芙美代の肛門までみえた。

妖しい笑みをたたえた芙美代は右手を下ろすと、自らの濡れた陰毛を撫でまわした。

そして、陰毛を両手でかき分けると、中から淡い褐色の陰唇が姿を現す。

「さぁ、見て。わたしのスケベなオマ×コを見て」

左右の人差し指、中指、薬指を肉裂の左右に添えると、ぐいっと開いた。

「はぅ」

くぱぁと開きながら、芙美代は息を呑んだ。

和馬の視線は否応なく釘付けにされる。

（オマ×コ。これが菊池のオマ×コか）

和馬は、女性器を見たことがなかった。ネットでも、雑誌でも、局部が隠された代《しろ》物《もの》しか見つけることができなかったのだ。

そのため生まれて初めて見る女性器である。

男の食い入るような視線を女の秘部に感じて、芙美代は恍惚としたため息をつく。

「ああ、見られている。すごい見られている。わたしの恥ずかしい姿を……わたしのオマ×コを畠山くんに見られているんだわ。さっきまでオナニーしていたすっごい汚いオマ×コを見られてしまっている。ああ、恥ずかしくて死んでしまいそう。あはっ、でも、突き刺さるみたいな視線が気持ちいい……」

（あれ、クリトリスだよな。すげぇ、ビンビンに勃《た》っていやがる。下にある大きな穴が、膣穴というやつだな。ということはクリトリスと膣穴の間に尿道口があるんだろうけど、ちょっとわからないな）

夕陽だけでは光源が弱すぎるようだ。

しばし、同級生に女性器をさらして酔っていた芙美代が、不意に恐るおそるといった感じで質問してきた。

「わたしのクリトリスって大きいでしょ」

「いや、別にそんなことはないと思うぞ」

男が自らの生殖器に不安を持つように、女性も自らの生殖器に不安を持つものらしい。

女性器を初めて見た和馬には、陰核の大小などわかろうはずがないが、ここは平気だよ、と慰めるのが男の礼儀というものだろう。その無難な回答に、芙美代は首を横に振るう。

「いいの、自分でわかっているから。わたしオナニーのとき、いつもクリトリス弄っているから、大きくなっちゃった。さっきもね、ここを机の角に押し付けていたの。畠山くんは、わたしのこと、いつも優等生だってバカにしているけど、どお、こんなにクリトリスが大きくなっちゃうほど、オナニー大好きな変態処女よ」

「処女……」

和馬の呟きに、芙美代は敏感に反応した。

「あら、畠山くん、わたしの処女性を疑っているの？」

「いや、別に……」

どう答えていいかわからず視線を逸らす和馬に、芙美代は舌なめずりをする。

「いいわ、処女検査をしてちょうだい」

そういって芙美代は、左右の人差し指と中指を、膣穴の四方に添えると、ぐいっと開いた。

「っ──」

否応なく和馬の視線は、膣奥に向く。

膣穴のごく浅い部分に、白い半透明の膜のようなものがたしかにあり、半月形の穴があった。

聞いたことがある。処女膜というのは完全に塞がっているものではない。月経を通すための小さな穴が開いているものなのだと。

「ああ、見られている。見られちゃっている。わたしの処女オマ×コを畠山くんに見られている。ああ、見て、見てちょうだい。わたしの処女オマ×コを隅々まで。ねぇ、見える？　わたしの処女膜」

「ああ、見える」

「ああ、処女膜まで見られた。見られちゃった。わたし、もう……」

感極まった声をあげた芙美代は、くぱぁをしながらのけぞって命じた。

「さぁ、シャッターを押しなさい」

言われるがままに構えていたスマホのボタンを押す。

パシャ！

「ああ」

シャッター音と同時に、芙美代の肢体は鞭打たれたかのように、ビクンと跳ねた。

同時にさらされていた陰部から、だらだらと愛液が滴り、床にまで滝のように落ちた。

「はぁっ、はぁっ、はぁっ……」

荒い呼吸をする芙美代は、どうやら写真に撮られたことで、イッてしまった雰囲気である。

机から転がり落ちそうになったので、和馬は慌てて支えてやった。

「だ、大丈夫か？」

「ええ、みせてちょうだい」

のっそりと身を起こした芙美代は、和馬の手からスマートフォンを取り上げると、画像を確認する。

「うふふ、すごい、発情しきった顔と、濡れ濡れのオマ×コが同時にしっかり撮れているわね。ああ、こんな恥ずかしい写真を撮られてしまった女は、もう言いなりになるしかない。わたしはもう、生涯、畠山くんに逆らえない奴隷女なんだわ」

「さっきから、おまえなにを言っているんだ？」

困惑する和馬に、芙美代はにっこりとほほ笑みつつスマートフォンをよこした。

「だから、わたしは畠山くんの奴隷になったの。肉奴隷、メス奴隷、穴奴隷、性奴隷……ご主人様の好きに呼んでいいわ」

「いや、奴隷って」

なにやら独り悦にいっている芙美代を眼前に、和馬はいささか引く。

「ご主人様、ご奉仕、しますわね……」

そういった芙美代は机から降りると、その場に跪《ひざまず》いた。そして、和馬のズボンのベルトに手をかけてきる。

「ちょ、ちょっと、なにを」

和馬の抵抗むなしく、ズボンは引きずり降ろされた。

さらにパンツを下ろされると、男根は勢いよく外界に姿を現す。

「あはっ、これがご主人様のおち×ちん」

手で隠そうかと思ったが、先ほど芙美代の女性器を見たことを思い出して断念した。

相手の生殖器を見たのに、自分は見せないというのは不公平というものだろう。矯《た》めつ眇《すが》めつに男根を観察した芙美代は、さらに先端に鼻の頭を近づけると、クンクンと匂いを嗅ぐ。

「ああ、これがおち×ちんの匂い。オスの匂いなのね。畠山くん、いや、ご主人様の匂い」

恍惚とした笑みを浮かべた芙美代は、両手で肉棒を包んだ。

「温かい。それに大きい。うふふ、わたしの見込んだとおりよ。畠山くんは絶対にでかちんだと思った。それにこんな岩みたいに硬いだなんて。こんなすごいおち×ちんでズコズコされたら、女は理性が崩壊してしまうわね」

「お、おまえ、なにをしようというんだ？」

「なにって、奴隷女としての務めを果たすだけよ」

肉棒を両手に包んだ芙美代は、恍惚とした表情で濡れた舌を伸ばして、ペロリと裏筋を舐めてきた。

「あっ」

ゾクリとする快感が、和馬の逸物から全身を貫いた。

異性に逸物を舐められたことはもちろん、摑まれたことも初めてなのだ。

「うふふ」

和馬が逃げないことに気をよくしたらしい芙美代の舌は、肉袋へと降りていった。

興味深そうに肉袋を舐めまわし、中の睾丸を探っているようだ。

さらには肉袋そのものを口内に含んで、二つの睾丸をしゃぶる。

(嘘だろ。あの菊池が俺のおち×ちんをしゃぶっている?)

和馬にとっての菊池芙美代というのは、非の打ちどころがない優等生だ。彼女がおち×ちんにしゃぶりつく図。まして、自分のおち×ちんにしゃぶりつく図など夢にも想像できるものではなかった。

やがて満足したらしい芙美代は、今度は肉棒の裏筋を舐め上げてきて先端に達する。

そこで左右の人差し指を伸ばすと、亀頭部にかかった包皮を挟むようにして突っついた。

「これって仮性包茎というのでしょ」

「わ、悪かったな」

動揺して悪態をつく和馬に、芙美代は魔女のように笑う。

「恥ずかしがることはないわ。日本人の十代の男子は仮性包茎であたりまえなの。わたしが剝いてあげる」

「いや、ちょっと待て」

止める間もなく、左右の人差し指を包皮にかけた芙美代は、ぐいっと強引に引き下ろした。

「くっ」

痛みにうめく和馬をよそに、芙美代はあらわになった亀頭部を観察する。

「あは、すごい鰓《えら》が張っている。こんなのでかきまわされたら、女は、はぁ……あら、鰓の下は真っ白。これ全部恥垢なのね」

「あ、ごめん」

羞恥から逸物を隠そうとする和馬の手を振り払い、芙美代は絶対に逃がすものかといいたげに逸物を両手で摑む。

「大丈夫。綺麗にしてあげる。奴隷女の務めだから」

恍惚とした表情を浮かべた芙美代は、口唇を開き、濡れた赤い舌を伸ばしてきた。

そして、亀頭部の裏を舐める。

「うっ」

ふだんは包皮に包まれている部分に、濡れた舌先を触れられて和馬はうめく。

芙美代は、上目遣いに和馬の様子を窺いながら、慎重に舌を動かした。

舌先で恥垢を取ると、口内に入れて眉間に皺を寄せながら呑み込む。

「おいしい」

実際に美味しいのではなく、おいしいと思い込もうとしているかのようだ。

その頑張りを見ていると、痛いからと静止を求めるのは男らしくない気がして、和馬は我慢した。

一とおり亀頭部の周りを舐めて綺麗にした芙美代は、さらに頭から呑み込む。

「うむ、うむ、うむ……」

上目遣いに和馬の顔をみながら、芙美代は必死に肉棒を啜《すす》っている。

（おいおい、あの菊池が俺のち×ぽをしゃぶっているよ。どうなっているんだ、これ）

学校の成績で芙美代にまったく勝てない和馬は、強烈な劣等感を持っている。

その苦手意識を持った相手が、現在、自分の前に跪き、肉棒を啜っているのだ。訳がわからない。

頭では理解できない現実だが、肉体は確実に追い詰められた。

（や、やばい……でる。このままじゃ、でちまう）

射精したら確実に、芙美代の口内に出すことになる。

芙美代が自分から始めたこととはいえ、口内射精するのは申し訳ない気がする。同じ穴からでるせいだろうか。まるでおしっこを、女性の口に出すような罪悪感を覚えた和馬は、こみ上げてくる射精欲求を死ぬ気で我慢した。

すると、芙美代は右手で肉竿の根本を扱《しご》きながら、左手で肉袋を包むと揉んできた。

(な、なにこいつ、テクニシャン?)

驚いた和馬は、負けた。

芙美代の左手で包まれている肉袋から噴き出した熱い白濁が、芙美代の右手に包まれた肉棒を通り、芙美代の口内にぶちまけられる。

プシャッ!

勢いよく噴き出した液体が、芙美代の喉奥をついたようだ。

「っ」

驚いた芙美代は、肉棒を吐き出してしまう。

女の手に握られた逸物はまるでのたうつ蛇のように跳ねまわり、そして、白い毒液をまき散らした。

たちまち眼鏡をかけた芙美代の顔が真っ白に染まる。

知的で柔和な美顔が、見るも無残なことになってしまった。

和馬は恐るおそる声をかける。

「か、大丈夫か？」

「ええ……」

教室の床に正座した芙美代は、顔を上げたまま心ここにあらずといった様子で、生返事をしただけであった。

呆けている彼女の顔を見かねた和馬は、ハンカチで拭いてやる。

「あ、ありがとう……」

そう応じた芙美代であったが、両目の焦点があっていない。

こんな芙美代を見たのは初めてだ。戸惑いながらも和馬は促す。

「そろそろ帰るぞ。あまり遅くなるとおまえの親御さんも心配するだろ」

「……そう、ね」

芙美代の返答は、どうにも心もとない。

オナニーを見られたことでヤケになり、さまざまな痴態をさらしたあと、顔面射精をされたことで、焼き切れてしまったということだろうか。

（こいつ、大丈夫だよな）

不安に思いながらも、和馬は芙美代の身支度を整えてやる。

制服に付いた精液をできるだけ拭い取ってやったあと、無理やり立たせて、三度机に腰を下ろさせると、太腿もハンカチで拭ってやる。

「ほら、パンツを穿けよ」

さらに机の上に放り投げられていたパンティを広げると、足元から通してやる。

まるで糸の切れた操り人形のようだ。

「心配するなって、別に俺はおまえをどうこうするつもりはないから」

「……」

芙美代の様子があまりにも危なっかしいので、いっしょに電車に乗り、自宅まで送ってやった。

第二章　美少女のメス堕ち願望

「畠山くん、おはよう」

いつものように登校するため、畠山和馬は最寄り駅のホームにて電車を待っていた。

挨拶を受けて振り返れば、澄明な光のシャワーを浴びながら、セーラー服姿の女学生が独り立っている。

大きな眼鏡をかけて、黒髪を背中に流している。古拙な笑みをたたえた、純和風の文学少女だ。

「お、おう……」

菊池芙美代の外見は、昨日までと同じである。

少なくとも、和馬の目には変化を感じられなかった。

芙美代はごく当たり前に、和馬の後ろに並ぶ。

「……」

いつも背後に立たれると、無意味な緊張を強いられるのだが、今日はいちだんと異様な緊張を強いられる。

(昨日のあれは、夢……だよな？　まさかあの菊池に限ってあんなこと、するはずないし)

芙美代の角オナニー姿、パンツであやとり姿、フェラチオ姿を思い出して、和馬の首筋から春とは思えぬ嫌な汗がじっとりとでる。

夢だと思うのに、逸物を握った繊手のぬくもり、咥えてきた柔らかな唇、浴びせられた唾液のとろみ、絡みついた舌などが鮮明に思い出された。

昨日のあれは、いったい全体なんなんだったんだ、と本人に詰問したいのだが、それをしたら、いろいろと壊れてしまう気がして、じっと我慢する。

和馬が逡巡《しゅんじゅん》しているうちに、電車は定刻どおりに到着。

電車に乗り込んだ芙美代は、まるで彼女のために他の乗客が席を空けているのか、と思える定位置に座り、独り静かに読書を始める。

(あの本が、マドンナメイト文庫？　いや、まさか。そういえば……)

ふと思い出した和馬はスマホを取り出して、保存ファイルを確認した。

液晶画面には学校の机に腰をかけ、両足をだらしなく広げて、陰阜をくぱぁと御開帳。その状態でトロンとした表情をした女学生の姿が映った。

「……」

和馬は無言のまま、涼やかな表情で読書している芙美代の顔と液晶画面を見比べる。

そこに友人がよってきた。

「なになに、カズ、エロ画像でも見ているのか?」

「ちげーよ、バカ」

和馬は慌ててスマホをしまう。

「隠しちゃってアヤシイ。菊池女史に言いつけちゃうぞ」

「ほっとけ」

澄ました顔で読書を続ける芙美代を横に、じゃれついてくる友人とバカ話をしつつ、和馬は登校した。

「先輩、今日の部活は三時からになります」

同級生の謎の性癖を知ってから三日ほどがすぎた。

当の芙美代は、何事もなかったように学園生活を送っており、いい加減、和馬も忘却しようとしたころだった。

放課後、部活に出ようとしたところ、女子バスケット部の期待の新人、北川飛鳥から報告を受ける。

バレー部の試合が近いということで、体育館の使用時間を融通することになったらしい。

練習時間が二時間ほどのちとなった。

「わかった。ありがとう」

「それじゃ」

飛鳥は元気に駆けていった。それを見送りながら和馬は所在なく頭を掻く。

「参ったな。なにをして時間を潰そう。そうだ。これを機会に屋上で昼寝でもしてみるか」

校内で時間を潰すとなると、教室で友だちとだべっているか、図書室で本を読んでいるか、が一般的であろう。

しかし、このとき和馬はかねてからの夢を実行することにした。

漫画やドラマの定番に、校舎の屋上で昼寝というシーンがある。しかし、実際は、あまりやることはない。

こういう機会でもないとなかなか実行できないだろう。

学校によっては、屋上に上がることを禁止されていたりするようだが、この二見高校では、よい天気の日などは昼休みに生徒たちが弁当を持って集まっている憩いの場として解放されている。

おそらく、放課後でも上がれるだろう。

子供が秘密基地にでもいくような気分となり、内心で嬉々《きき》として、廊下を歩いていると、向かいから歩いてくる生徒会長の五十嵐玲子と行きあった。

スラリとした長身で、腰の位置が高く、前髪パッツンの姫カットでつややかな黒髪をたなびかせて颯爽と歩くものだから、大変な存在感だ。まるでトップモデルがウオーキングをしているかのようである。

和馬は軽く目礼して通りすぎようとしたが、思いもかけないことに呼び止められた。

「あなたが畠山くん？」

「あ、はい」

まさか、生徒会長が自分の存在を知っていて、あまつさえ声をかけられるとは思いもよらず、和馬は驚き立ち止まる。

「ふ～ん……」

軽く腕組みをして、細い顎に右手の指をかけた玲子は、和馬の姿をしげしげと観察する。

「……あの、なにか？」

困惑する和馬に、玲子は軽く手を上げて破顔した。

「呼び止めてごめんなさい。菊池さんによろしくね」

そういって踵を返した玲子は、長い黒髪をたなびかせて、颯爽と廊下を歩いていってしまった。

「なんだったんだ？」

軽く小首を傾《かし》げた和馬は、階段を上がった。

最上階にあるステンレス製の扉の取っ手に手をかける。

開いた。

「おお、いい天気」

幸い、先客はいないようだ。

屋上で昼寝。学生なら一度はやってみたい行為の一つだろう。

漫画やドラマでは、たいてい幼馴染みの女の子に起こされる。そして、イチャラブな羨ましい展開が待っているのだが、そこまでは期待していない。

（俺にはそんなかわいい幼馴染みなんていないしな）

それでも屋上で独り昼寝体験というのは、心躍る。

和馬は嬉々として、出入口の建物の上に乗ると、スマホのタイマーをセットして仰向けになった。

両手両足を広げて大の字になる。

天気はいい。風もない。すごしやすい陽気だ。まさに昼寝日和といったところだろう。

青い空を、白い雲が流れている。

（いいな、この解放感）

漫画の不良主人公にでもなった気分を味わいつつ、和馬は目を閉じた。

遠くで、野球部の連中のかけ声が聞こえてくる。

「……」

寝ているのか、起きているのか、自分でもわからぬ微睡《まどろみ》を楽しんでいたときだ。

不意に、顔がかげった。

大きな雲が流れてきたのだろうか。なにげなく目を開く。

その瞳に映ったもの。それは白いものだった。

雲……ではない。左右に肌色の柱。周りには紺色のカーテン。……いったいなんだ？

違和感を覚えた和馬は、目の焦点を合わせる。

そして、自分が見ていたものが純白のパンティであることを悟った。左右にあったのは、生足だ。

それが和馬の頭の左右に置かれている。

周りにあった謎のカーテンは、スカートのようだ。

「うわっ」

意味不明な光景に驚いた和馬が、吃驚《きつきよう》の声をあげると、パタパタとはためくスカートの向こう側から、白いセーラー服を押し上げた二つの大きな肉山があり、その谷間に咲く朱色のスカーフの向こうから眼鏡をかけた純和風顔が見下ろしていた。

クラス委員長、菊池芙美代の顔だ。

目を剝き、硬直する和馬に向かって、パンティ丸出しの女子高生はごく冷静な口調で口を開く。

「どういうことかしら？」

「……どういうこと？」

混乱する和馬に、白いパンティに日の光があたり、黒い陰毛と割れ目を浮き上がらせながら芙美代は告げる。

「どうもこうもないわ。あれからなにもしてこないのはどういうことかしら？　と聞いているの」

「あ、あれから……っ」

「わたしを奴隷にしてからよ」

芙美代の宣言に、和馬は絶句する。

「奴隷って」

「誓ったでしょ。わたしはあなたの性奴隷になるって。それなのにあれから三日間、なにもしてこないのはどういうわけ？」

「いや、その……なんと言うか、おまえ、あのとき、普通じゃなかったみたいだし……」

喘ぐ男子高生の言い訳を、スカートをたなびかせながら女子高生は一刀両断にする。

「高校生男子たるもの、やれる女を手に入れたら猿のようにやるものでしょ！」

「そ、そんなことはないんじゃないかな……」

恐るおそるの反論は、断固たる声で却下される。

「男子高生が性欲の塊だなんてことは、だれでも知っている事実よ」

「……」

断言された和馬は言葉に詰まる。身に覚えがないわけではないからだ。

「そんな性欲魔人の玩具になった女は、登校下校中の電車の中で悪戯され、授業中に卑猥な映像を送りつけられ、休み時間はトイレに連れ込まれる。そして、たっぷり中出しされて、膣内に精液のぬくもりを感じながら、授業を受けるものなの」

芙美代は恍惚とした表情で、自らの体を抱きしめる。

「もちろん、パンティなんて穿かせてもらえない。どこでもかまわずちょっとした時間を見つけたら、嵌め倒される。穴という穴を掘られ拡張されて、身も心も調教されてしまう。それがメス奴隷の宿命というものよ」

なに言っているの。この女。

(そういえば、こいつ、マドンナメイト文庫を愛読書とか言っていたよな。官能小説の影響受けすぎ)

呆れる和馬をよそに、妄想に浸っていた文学少女は我に返って、再び真顔に戻ると眼下の男をジト目で見下ろしてくる。

「それなのに、わたし、まだ処女なんですけど」

「いや、それでいいんじゃねぇの？」

女子高生、それも優等生の主張に、健全な男子高生はついていけなかった。

「よくないわよ。こっちはすでに処女を奪われる覚悟を完了させているんだから！　それなのに、いつやられるか、いつ地獄の屈辱体験が始まるか、ってドキドキしながら待つ身にもなってちょうだい。まさに生殺しよ」

芙美代の権幕に負けて、和馬は押し黙ることしかできない。

（ふだんはもっとふんわりとした雰囲気の女だと思っていたんだが……）

真面目な女を怒らせると怖いということだろうか。

柳眉を逆立てた芙美代としばし目を合わせていた和馬は、頬を掻きながら恐るおそる質問する。

「なぁ、おまえさ、もしかして俺に惚れていたのか？」

「なんでそういうことになるの？」

「いや、だって、俺にやられたいんだろ？」

和馬の質問は、火に油を注いでしまったようである。

芙美代は憤然と床を蹴った。

「自惚《うぬぼ》れないでほしいわね。畠山くんのスマホにはわたしの恥ずかしい写真があるの。

だから、逆らえないだけよ」

「それなら気にするなって。消したし」

「消した!?」

思いもかけないセリフを聞いたとばかりに、芙美代は目を剝いた。

和馬は彼女が啞然とした表情を初めて見たかもしれない。

小学校からの付き合いだというのに、ここ最近、新しい発見が多いことである。

「ほんとほんと、ごみ箱からも消したし心配するな」

和馬が懐からスマホを取り出して振って見せると、それをふんだくった芙美代は、そのまま腰を下ろした。

「うっぷ」

芙美代の純白のパンティに包まれた股間が、和馬の顔に押し付けられた。

薄い布越しに、美少女の生殖器がある。それは一見、幸福体験のようにも感じられるが、女の尻というのも存外重たい。

息苦しさに悶える和馬の顔を尻の下に敷いて芙美代は、スマホの中を確認する。

「信じられないわ。わたしがどんな思いで、あの恥ずかしい写真を撮らせたと思っているの」

「いや、おまえがそこまでの重度の変態だとは夢にも思わなくてさ。あんな写真を取っておいたらおまえに悪いと思ったんだよ」

和馬の言い訳に、芙美代は舌打ちをする。

「ったく、ダメ男子のくせに変なところで格好つけるんだから。畠山くんがわたしのエッチな画像を見て、猿みたいにオナニーしていると信じてオナニーしていたわたしの妄想が台無しじゃない」

「やっぱり、おまえ、俺に惚れて」

「だから違うわ」

尻を上げた芙美代は、股の下の男に冷笑で応じた。

「単にわたし、どマゾなの」

「マゾ？」

（いや、どうみてもどエスの表情だぞ、それは）

という和馬の内心の突っ込みをよそに、芙美代は自らの体を抱いて恍惚と語る。

「そう。小学校、中学校、高校となにをやってもわたしに負けて、悔しそうにしているダメ男子。小学校のとき、得意のスポーツでなら勝てると踏んだのか、五十メートル走で勝負を挑んできて、返り討ちになってガチでへこんでいた表情を忘れられないわ」

グサッ！

幼少期のトラウマをえぐられて、和馬はのけぞった。

「そんななにをやってもダメダメな情けない男に、性的な意味で屈服させられる屈辱。ああ、想像しただけで、わたし、我慢できない」

そういいながら芙美代は、両手をスカートの中に入れると、白いパンティをするすると下ろす。

ヌラーとした粘液の糸が引き、陽光でキラキラと輝いたあと、風でプツリと切れた。

黒々とした豊かな陰毛が、風にたなびく。

右足、左足と交互に上げて、パンティを脱いだ芙美代は、それを胸のポケットにしまう。

「わたしは、畠山くんの恋人になりたいわけではないから、安心して」

「お、おう……」

「肉奴隷になりたいの」

そう言うやいなや、芙美代は、和馬の顔面に座ってきた。和式便所で用を足す姿勢である。

まるで満月のような大きな尻が、和馬の視界を覆う。

（こいつ、おっぱいだけじゃなくて、尻もでかいんだよな）

そんな感想を持つ和馬の鼻先に、芙美代の陰阜がくる。

パンティ越しではあまり匂わなかった甘いメスの匂いがぷーんと香った。

「この間、電車の中でわたしのあの画像見ていたでしょ。わたしの顔と見比べながら」

「いや、それは……」

「わたし恥ずかしくて、もう、失禁しそうになったわ」

非難しながらも、芙美代の顔は恍惚ととろけだす。

「悪かったな」

「ええ、本当に悪いわ。見たいなら見たいとわたしに直接言えばいいのよ。ご主人様の命令なら、ほら、いくらでも、隅々まで、全部、お見せしますのに……ああ」

男の顔の上で蹲踞《そんきょ》の姿勢になっている芙美代は、自らの左右の人差し指で肉裂を開いた。

くぱぁ～。

和馬の鼻先で、芙美代の女性器が開帳された。

前回も見せられたが、あのときの夕陽では光源が足りなかった。しかし、今回は昼日中の野外である。色も形も、影なくしっかりと見ることができた。

綺麗なピンク色の媚肉は、まるで脂の乗ったサーモンのように美味しそうだ。

「さぁ、よく見て。これがあなたのメス犬のオマ×コよ。こんなにはしたなく涎《よだれ》を垂らしているの」

恍惚の吐息とともに、膣穴がひくひくと開閉を繰り返し、中からドロリとした液体が溢れ滴り、和馬の顔に熱い雫をかけた。

和馬は舌を伸ばして、ペロリと口の周りにかかった液体を舐める。

甘いわけではない。しょっぱくて、少し酸っぱい液体だった。しかし、和馬の脳は甘いと判断した。もっと舐めたいという抑えがたい欲求が湧き上がる。

「なぁ、菊池、おまえのオマ×コ、舐めていいのか？」

「それはご主人様のご自由ですわ。ご主人様の命令に逆らえないのがメス奴隷というものですもの。隅々までご賞味し、食べ散らかしてかまいませんわ」

「それじゃ、遠慮なく」

芙美代の尻を両手で抱き寄せた和馬は、その陰阜に顔を埋めた。

「ああ、男の子の顔に座るだなんて、は、恥ずかしい。こ、これが石清水」

一般に、男の顔に座るように女に強要することを石清水。女が嬉々として男の顔に座るのを、顔面騎乗と呼ばれる。

和馬としては、「顔面騎乗だろうが」と主張したいところだが、芙美代としては受け身でありたい、という願望があるようだ。

（まぁ、いいか）

女のささやかな見栄など無視して、和馬は初めて味わう女性器を、舌先で丁寧になぞった。

「はぁあん、これがクンニリングス。とっても気持ちいい。オナニーなんかの比じゃないわね。あ、ああ、でも、これ、想像以上に恥ずかしい。は、恥ずかしいのに、滅茶苦茶気持ちいい。ああん、舐めて、もっと舐めて」

初めてのクンニ体験に動揺している芙美代の声を聴いて、和馬はいまさらながら驚く。

（菊池のようなやつでも、オマ×コを舐められると感じているのか）

ふだんのこれぞ優等生。文学少女。才媛といった顔からはとても想像できない歓びようである。

和馬の勝手な先入観であったが、芙美代ならオマ×コを舐められようと、セックスをしていようと、「なにが楽しいの?」といった顔で見返してきそうに思えたのだ。

そんな女が、いま自分にクンニされて喜んでいる。その事実に気をよくした和馬の舌先は縦横に動きまわった。そうしているうちに、自然と舌先は膣穴にもぐりこんだ。

ぐりぐりと舌をねじって拡張する。

「ひぃ、そ、そこ……わたし、処女膜、舐められてしまっている……」

そこが特に敏感な性感帯というわけではないようだ。しかし、乙女にとって大事な部位という思い入れが、精神的な高揚をもたらすようである。

(そういえば、こいつ。この間、自分はクリトリスが好きだとかいっていたな)

陰核が女の急所であることは、いかに童貞であろうと承知している。

和馬は、陰核にしゃぶりついた。

「ふぁっ!」

いかにオナニー大好きな変態女といえども、オナニーはオナニー。陰核を吸引されたのは初めてなのだろう。芙美代は、吃驚の声をあげた。

女が喜んでいると知れば、張りきりたくなるのが男のサガというものだろう。和馬は口腔に吸い込んだ陰核を舌先で執拗にこねまわした。

「あ、あん、いいわ……それ、あん、いい」

下半身をピクピクと痙攣させながら、嬌声を張りあげていた芙美代は、男の下半身の変化を見つけた。

「すごい、テントを張っている。おち×ちんが大きくなっているのね」

コンクリートに両膝をついた芙美代は、和馬のズボンに手を伸ばした。

社会の窓を下ろされて、逸物が外界に姿を現す。

「ああ、日の光の中で見ると、いちだんとグロテスクね」

「……」

現在、芙美代の女性器を舐めている最中である。男性器に触るなとは言えない。和馬は好きにさせた。

男の顔に座り込んだまま前屈みとなった芙美代は、和馬の逸物を両手で摑んだ。

「うふふ、包茎に戻っている。いいわ、また剝いてあげる。ご主人様のおち×ぽさまを一人前にするのは、メス奴隷の仕事よね」

頰を紅潮させて満足げな表情を浮かべた芙美代は、大きく口唇を開いて、舌を伸ばした。

ペロリペロリペロリ……。

濡れた舌が、包皮の穴をほじくる。

尿道口を舐めつつ、実と皮の間に舌をねじ入れて剝いてくる。二度目ということもあって、前回よりも痛みは少ない。

そして、真っ赤な亀頭部が陽光にさらされる。

「ああ、これがご主人様のおち×ぽさま。いつ見ても立派」

自分の仕事に満足したといった表情を浮かべた芙美代は、真っ赤に腫れ上がった亀頭部をパクリと口に含んだ。

「うん、うん、うん……」

口を塞がれている関係で、鼻で呼吸をしなくてはならないのだろう。芙美代は鼻を鳴らしながら、一生懸命に肉棒を啜っている。

剝き出しの亀頭部は唾液でコーティングされて、吸引された。

(ちくしょう。こいつ、性奴隷だなんだといいながら、いつも俺のことを見下しやがって。ん？　よく見ると、こいつのクリトリスも包茎ってやつじゃないのか？　よし、剝いてやろう)

対抗意識を刺激された和馬は、両の親指を陰核の左右に添えると、ぐいっと剝き上げた。

小さなピンク色のキノコのような陰核が外界にあらわになる。

「ひぃぃぃぃ!!」

逸物を吐き出した芙美代は、背筋を反らして嬌声を張り上げた。

「どうやら、おまえも包茎だったみたいじゃねぇか。これからおまえのクリトリスをずる剝けに改造してやるよ」

嘯《うそぶ》いた和馬は、剝き出しにされた女の急所を咥えて吸引した。

「あひ、あひ、ちょ、ちょれは……ちゅごい……」

和馬の目の前で、白い肉の谷間にあった赤紫の菊座がヒクヒクと痙攣している。

(あ、こいつ、尻の穴が動いてやがる。へぇ〜、女って感じると尻の穴まで動くもんなんだ)

童貞少年が、新鮮な発見に気をよくしていると、処女少女のほうも負けじと逸物に再び咥えついてきた。

「うん、うん、うん……」

「ふむ、ふむ、ふむ……」

学校の屋上。男子生徒と女子生徒は、黙々と互いの敏感な性器を舐めあう。

女上位のシックスナインだ。

（くっ、やばい、このままじゃ出ちまう）

幼少期から現在にいたるまで、負け続けている和馬は、芙美代に劣等感を持っている。

せめて、今回だけは勝ちたいという対抗意識が芽生えて、必死に我慢し、舌を懸命に動かした。

（もう、ダメだ）

諦めた和馬が、射精しそうになったところで、芙美代は逸物から口を離した。

さらに腰を上げた芙美代は、股の下の愛液でベトベトになった男の顔を覗く。

「ご主人様、いま出しそうになったでしょ」

「あ、ああ……」

射精寸前でお預けを食らった和馬は、まるで海面から顔を出して息継ぎをしようとした寸前で足を掴まれたかのように、情けなく喘ぐ。

その顔に向かって、頬を紅潮させた芙美代は、にっこりとほほ笑む。

「ダメじゃないですか、ご主人様。今日は、わたしの処女を情け容赦なく奪う約束でしょ」

「いや、そんな約束をした覚えは……」

「メス奴隷の処女を奪うのは、ご主人様の義務よ」

有無を言わさずに言いきった芙美代は、和馬のほうに顔を向けると、膝を開いて腰を下ろしてきた。

いきり勃つ逸物の上に、男の唾液に濡れた肉裂が添えられる。

ヌルリ。

亀頭部の先っぽが温かい蜜壺に入り、柔らかい膜の存在を感じた。

当然、芙美代のほうでも、凶器が自分の処女膜に触れたことを自覚したのだろう。

ブルリと震えた。

「うふふ、女にここまでさせるだなんて、畠山くんってほんと甲斐性がないのね」

「ちょ、ちょっと待て。おまえ、本当にいいのか？」

「なにが？」

この期におよんで止める和馬を、芙美代は不審そうに見下ろす。

「いや、男の俺はその、別に童貞を卒業できるなら相手はどうでもいいというか、おまえの処女をもらえるなら嬉しいぜ。でも、女にとって、初めてって特別なものじゃねぇの。もっと好きな男のために取っておくというか、おまえなら、どんな男だって手玉に取れるだろ」

「……」

必死な和馬の顔を、芙美代はまじまじと見た。ついで噴き出す。

「ぷっ、そうね。畠山くんって昔からそういうところあるわよね」

「なんだよ、それ」

妙な上から目線に、和馬はむっとする。

「いいのよ。ご主人様の言うとおりだと思うわ。でも、いいの。わたし、どマゾだから。ダメダメ男に尽くすのが、気持ちいいの。ほら、いくわよ。畠山くんは女ならだれでもいいのでしょ」

「いや、よくねぇだろ」

和馬の静止を振りきって、膝を抱いた芙美代は奥歯を食いしばって腰を落とした。

ぐむ〜〜〜……ずぽん！

たしかに処女膜が破れたという感触が伝わってきたあと、あとは一気に根本まで入ってしまった。

亀頭になにやらシコリを感じた。おそらく芙美代の最深部に届いたのだ。これが噂に聞く子宮口というやつだろう。

「く、うん……」

膝を開いたまま和馬の下腹部に座り込んだ芙美代は口を閉じて、顎を上げ、白い喉をさらして、苦痛の呻きを呑み込んだ。

（入った。菊池のオマ×コに入れちまった……）

柔らかい肉が、ぎゅっと肉棒を締め付けている。

（これがオマ×コか、菊池のオマ×コ）

和馬は、芙美代のことを好きか嫌いか、と聞かれたら、別に嫌いではないが、苦手だなぁと答えたであろう。

純和風の美人顔、おっぱいは大きく、スタイルがいい。勉強はできるし、人当たりも柔らかい。

人間として嫌いになる要素はどこにもない女だ。

ただし、自分よりすべての面で優れ、完璧すぎるゆえに、近くにいられると疲れる。

間違っても恋人にしたいとは思わなかった。

もし、決してありえないが、仮定の話として、芙美代から「付き合ってほしい」と正面から告白されたのなら、和馬は断ったと思う。

そんな女が、なぜかメス奴隷になりたいと言ってきて、ついには強引に結合してきたのだ。

(まさか、菊池のやつとこういうことになるとはね……)

高嶺《たかね》の花ではあるが、欲しい花ではなかった。ゆえに、歓喜という気分ではない。

しかし、初めての体験である。高校生男子にとって、童貞を卒業することは、夢の体験の一つであることは間違いない。感慨深い気分になる。

ヌルヌルとした襞肉が、肉棒に絡みついてきた。

(これがセックスってやつか。ちきしょう。菊池のやつ、オマ×コまで気持ちいいじゃねぇか)

美人で、頭がよく、巨乳と三拍子そろっているのに名器の持ち主とあっては非の打ちどころがない。

もちろん、和馬にとっては初めての女性である。よって、比較対象はないのだが、とんでもなく気持ちよく感じたのだ。

一方で、男の腰の上に乗って膝を開いている女は、表情を引きつらせている。

(そういえば、女って初めてのとき痛いっていうよな)

そんな豆知識を思い出した和馬は、恐るおそる気遣いの声をかける。

「だ、大丈夫か?」

「なにを気遣っているの。わたしはあなたの肉奴隷なのだから、好きにすればいいのよ」

「ああ、そうかよ」

憮然《ぶぜん》とする和馬とは対照的に、芙美代は無理やりテンションを上げたようだ。

「甲斐性なしの男に尽くす。ああ、ロマンだわ」

芙美代はのけぞりながら、腰を上下させる。

ズコズコズコ……。

それは決して早い動きではなかった。肉棒を抜け落とさないように慎重に腰を使っていることがわかる。

白いセーラー服に包まれた大きな乳肉が揺れていた。

しかし、芙美代の顔といわず、全身から冷や汗が浮かんでいるようで、痛いのを無理して頑張っているのが伝わってくる。

(しかし、なんでこいつ、こんなに頑張るんだ。本人が言うとおりマゾ女だからか？ったく、頭のいい女の考えることはわからねぇ)

不審に思いながら、破瓜《はか》の痛みに耐えながら一生懸命に腰を振っている女を眺めていると、芙美代が質問してきた。

「どお、わたしのオマ×コ、気持ちいい？」

「ああ、悪くない」

悪くないどころか、滅茶苦茶気持ちいい。逸物が先端から溶かされて、消化されていくかのようだ。

「そう、よかった」

破瓜の痛みに頬を引きつらせながらも、芙美代は満足げに頷いた。

膣洞全体が嬉しそうに、キュンキュンと収縮する。

（うわ、ヤバい。絞り取られる。でる）

初めて入った女性器の中で、逸物は狂ったように跳ねまわった。そして、肉袋から肉棒を通って、熱い白濁が昇竜のように駆け上がる。

ドビュ！　ドビュ！　ドビュッ！

「キャッ！」

膣内射精をされてしまった芙美代は、思いのほかかわいい悲鳴をあげた。

思う存分に射精し、暴れていた逸物もようやくおとなしくなったところで、芙美代は恐るおそるといった表情で質問してくる。

「……出したの？」

早いのね。という小ばかにした言外の言葉を聞いた和馬は、かっとなった。

「まだまだ」

「えっ」

いきなり和馬は身を起こした。反対に芙美代は仰向けに倒れる。その頭が、コンクリートにぶつからないように、手で押さえてやる。

「てめぇな。あんまり舐めた口利《き》いていると、どうなってもしらねぇぞ」

「どうなるの？」

「ご希望どおり、メス奴隷にしてやるよ」

いまだ逸物を元気いっぱいにしていた和馬は、芙美代の両足の太腿の裏を持ち、頭上に押さえつける。俗に言うまんぐり返しの姿勢を取らせると、腰を勢いよく上下させてみた。

グチュグチュグチュ……。

先に出した和馬の体液が、芙美代の膣内に大量に詰まっている。それを肉棒でこねまわす。

「ま、待って、そんなに激しくされたら、わたし」

「激しくされたいんだろ。この変態女」

和馬の罵声を浴びせられて、芙美代は目を剝いた。

「へ、変態だなんて」

やばい。女に言ってはいけないセリフだったか、と和馬が後悔した次の瞬間、芙美代はニヘラと表情を崩した。

「そう、わたし変態なの。エッチなことが大好きで、いっつもエッチなことを考えている。変態女なの」

「ったく、優等生の顔して、どんだけスケベなんだよ」

芙美代が変態呼ばわりされて喜んでいると知った和馬は、安堵《あんど》して侮《あなど》る。

「スケベなわたしを罰して、わたしは畠山くん、いえ、ご主人様の肉便器にして」

「ああ、そうかよ。おまえがこんなにスケベだとは夢にも思わなかったぜ」

相手が喜んでいるのなら、遠慮する必要はないだろう。和馬は思う存分に腰を使った。

一突きするごとに、亀頭部にコリコリとした感触が当たる。おそらく子宮口だ。

和馬は、そこをガツガツと突きまわした。

「ひぃ、ひぃ、ひぃ、わたしの体の奥、一番奥が、ああ、畠山くんのおち×ちんで、ああ」

いくらオナニー好きの変態女でも、自分の子宮口には触れたことがなかったのだろう。そこを男根で連続ノックされて、芙美代は目を剝き、涙を流していた。

なんとも嗜虐心をあおる表情をしてくれる。

「ほら、おっぱいに触らせろよ」

獣欲にとりつかれた和馬は、白いセーラー服を捲りあげた。

中から白いブラジャーに包まれた大きな小山が二つ、姿を現す。

（ちくしょう。ブラジャーの外し方がわからん。背中にホックがあるんだっけか）

なんとなくそんなイメージはあるのだが、いま芙美代の背中に手をまわして、見えないホックを探すのは面倒だ。

そこで和馬はブラジャーのカップを強引にたくし上げた。

プルン……。

真っ白な小山が二つ、外界にまろびでた。いただきを飾るピンクの花びらのような乳首も眩しい。

和馬は生唾を飲んでから、思わず芙美代の顔を窺ってしまった。

「おっぱい触っていいんだよな」

「ええ、メス奴隷の体は、おっぱいから髪の毛の一本までご主人様のものよ」

「ったく、この変態女」

侮ってから和馬は、両手を伸ばすと大きな乳房を、それぞれの手に取った。

(柔らかい。プリンみたいだ)

口に含んだら、甘くとろけるのではないだろうか。そんな錯覚に陥った和馬は、背中を丸めて、まずは左の乳首に吸い付いた。

「ああん」

芙美代は両手で、和馬の背中を抱いてのけぞる。

(これがおっぱいか？　すげぇ美味い)

プリンのように甘くはなかった。しかし、和馬の脳は甘いと判断したのだ。

二つの乳首を夢中になって、交互に吸う。

淡いピンク色であった乳首はたちまち唾液に濡れ輝き、ビンビンにシコリ勃った。

同時に和馬は、腰を夢中になって前後させる。

「あっ、あっ、あっ、あっ」

子宮口を男根で突かれるたびに、芙美代は白い喉をさらして喘ぐ。

(ちくしょう。こいつ、なんてエロいんだ)

和馬は、決して芙美代が好きなわけではない。しかし、乳房から手を、乳首から唇を離すことができない。膣内にぶちこんだ逸物を動かさずにはいられない。

（こいつのオマ×コ、えぐいほど気持ちいいわ）

極上おっぱいにむしゃぶりつきながら、夢中になって腰を振っていたら、再び射精欲求が高まってきた。

（また、出そう。中に出すのは、いや、さっきも出したし、一回も二回も同じだろ）

オスとしての欲望に負けた和馬は、腰を思いっきり落とし込み、亀頭部を子宮口に押し付けて射精した。

ドクン、ドクン、ビクン。

「ああ、また入ってくる……」

芙美代は、太陽を呑み込もうとするかのように、大口を開けて恍惚とため息をついた。

そして、自分の上で思いっきり腰を振りって射精した和馬に、恐るおそる声をかけてくる。

「は、畠山くん、その……気持ちよかったよ」

「なに、満足したみたいな顔しているんだ」

「え」

戸惑う芙美代に肉棒をぶち込んだまま、その体を右回転させる。

芙美代はコンクリートの床に四つん這いになった。紺色のスカートは捲れ返り、でかい桃尻が丸さらしになる。

「おまえは猿にやられるみたいに、滅茶苦茶にされたいんだろ。望みどおりやってやるよ」

膝立ちとなった和馬は、芙美代の大きな尻を両手で摑むと、豪快に腰を前後させた。

「ひぃ、そんな、連続でなんて、あん、あん、あん」

自称、変態マゾ女だが、現在、破瓜の最中である。実はかなり痛いのかもしれない。芙美代の頰を涙が流れた。

しかし、後背位となったため、和馬は気づくことができない。

ただオスとしての本能のままにふるまう。

「ほら、さっきまでの威勢はどうした、優等生。こうされたかったんだろ」

「はい。肉便器に、肉便器にされたかったの」

「ったく、ほんとドスケベな変態女だな」

勉強でもスポーツでも人望でも、すべての面で勝てない女が、いま自分の逸物を入れられてヒーヒー言っているのだ。

和馬はかつてない優越感に駆られて、豪快に腰を使った。また両手を、芙美代の腋の下から入れて、乳房を手に取る。

（うわ、柔らけぇ）

うつ伏せになったことで、乳房の触り心地が変わったようだ。いちだんと柔らかくなった気がする。

「ああ、ああ、気持ちいい、気持ちいい、気持ちいいです」

獣のように四つん這いにさせられ、背後から犯されている芙美代は、涙を流しながらも、歓喜の声を出している。

「ったく、このスケベ女。どこまで好き者なんだよ。おまえ、尻の穴までひくひくしているぞ」

「だ、だって、ご主人様のおち×ぽさまが、奥にガンガンあたって、ああ、子宮を揺らされる感覚……ちゅごい」

「へぇ、おまえはここがいいわけか、ほらほらほら」

芙美代の変態性に乗せられて、和馬は狂ったように腰を使った。

「き、気持ちいい……気持ちいいです、ご主人様のおち×ぽ。あっ、あっ、あっ、もう、もう」

膣洞がいちだんと締まった。

（うお、この締まり。イッたのか）

逸物で女を絶頂させる。それは男の夢の一つだろう。歓喜した和馬は、ヒクつく膣洞に合わせて三度射精した。

「あああああ、入って、入ってくるぅぅぅぅぅぅぅ」

ビクビクビクビク。

激しく痙攣した芙美代は、コンクリートの屋根の上に潰れた。

「ふぅ」

三度の射精でようやく満足した和馬は、逸物を引き抜いた。

「はぁ……はぁ……はぁ……」

芙美代はコンクリートに接吻し、大きな白い尻を天に突き出したまま余韻に浸る。

陽光に丸さらしにされた尻の穴はヒクヒクと痙攣しており、その下の膣穴からは、ドロドロと泡立った白濁液が溢れ出し、床に滴った。

（うわ、俺、菊池のやつとやっちまったんだなぁ）

人並みに女が好きなつもりであったが、まさか芙美代と交尾をする日が来ようとは思わなかった。

「……」

和馬が呆然と見守っていると、荒い呼吸を整えた芙美代は、股の間から右手を入れて陰阜を押さえながら、背後にジト目を向けてきた。

「三発もやった。オマ×コの中、ご主人様のザーメンでいっぱいになって、グチュグチュに泡立っている。恰好つけていても、こういうこと好きなんじゃない」

「そりゃ、まぁ、男だし……その、おまえのオマ×コ、気持ちよかったから、つい」

さすがにばつが悪く、和馬は頭を掻いた。

芙美代のほうは妙に嬉しそうな笑顔になる。

「ありがとうございます。ご主人様のお気に召したのなら、嬉しいです。ねぇ、写真撮って。わたしがご主人様のメス奴隷だという証拠写真」

「またかよ。まぁ、いいぜ」

芙美代がなぜ自分の痴態を写真に撮りたがるのか不思議に思いながら、和馬は言われるがままにスマホを取り出して、シャッターを押した。

パシャッ！

機械音がして、液晶画面に尻を突き出し、膣穴から血の混じった泡立つ白濁液の溢れ出す女体が映し出される。

「見せて」

「ほらよ」

和馬がスマホを渡してやると、身を起こした芙美代は画像を確認して恍惚とため息をつく。

「ああ、制服のまま青姦されて処女を奪われてしまった哀れな女学生の写真。まさに悲劇的ね」

そういいながら芙美代は、自分のスマホに添付ファイルで送る。それから和馬のスマホを返してよこした。

そして、満足げに笑う。

「さぁ、これでもう、あなたが仮にデータを削除したとしても、わたしを脅したという証拠がわたしのスマホに残ったわ。わたしが恐れながらって、この写真を先生に提出したら、あなた、退学よ」

「おい。そんなことをしなくても」

和馬としては、不本意な気がしないでもないが、男として責任は取らなくてはならないだろうと思った。

その矢先にこの態度である。

「心配しなくていいわ。畠山くんは、素直にわたしのご主人様をやっていればいいのよ。メス奴隷はご主人様の意に沿って動くわ。ああ、マゾ女って悲しい生き物……嫌だ嫌だと思っていても、肉体の快楽には逆らえず泥沼に堕ちていくものなのよ」

なにやら自分に酔っている芙美代を見て、和馬はため息をつく。

「はいはい。おまえの好きにしろ」

とりあえずポケットティッシュを取り出すと、芙美代の股間を拭ってやる。白いティッシュに紅の色がつく。

「は、恥ずかしい……」

「いまさら恥ずかしがるような玉かよ。ほら、立てるか」

「痛っ、無理みたい。腰が抜けている……」

身を起こそうとして、両膝をガクガクと痙攣させた芙美代は顔をしかめた。

「それに時間とともにジンジンと痛くなってきた。畠山く、ご主人様が無茶苦茶するから」

「悪かったよ。仕方ないな。少し休んでいくか」

「部活にいかなくていいの？」

恐るおそるといった表情で窺ってきた芙美代の横に腰を下ろした和馬は、その頭に軽く手を乗せる。

「部活より、彼女を優先させるべきだろ」

「わたしはあなたの彼女になったつもりはないわ。メス奴隷になったのよ」

芙美代の変な拘《こだわ》りに、和馬は苦笑して肩を竦める。

いた。

「生徒会長選のクラス代表だけど……みんな考えてくれたかな」

二年一組のホームルームにおいて教壇に立った橋本早苗の視線は、芙美代に向いていた。

クラス中のだれもが、芙美代しかいないと思っていたわけだが、強引に決めるわけにはいかない。

形式的にクラス選挙を行おうとした矢先だった。

「はい」

芙美代が挙手する。

本人が率先して立候補してくれたようだ。無駄な時間と労力を使わなくて済んだとみなが安堵した。

しかし、立ち上がった芙美代が口にした台詞は、みなの意表をつく。

「わたしは、畠山くんを次期生徒会長に推薦します」

「ぶっ」

和馬は机に頭突きをしそうになった。

「おいっ」

慌てて和馬が抗議の声を出そうとしたときだ。

パン！

突如、芙美代の右手が、和馬の机を叩いた。

「っ！」

気を呑まれた和馬が押し黙ったところに、芙美代は柔和な顔を近づける。

「引き受けてくれますよね」

その有無を言わせぬ迫力に負けて、和馬は頷いてしまう。

「お、おう」

とたんに芙美代は、室内の人々に向かって破顔する。

「ということです。畠山くんが立候補するそうです。およばずながら、わたしは畠山くんの選対委員長を務めさせていただきます」

「……」

芙美代のかつて見せたことのない強引さに、クラス中の男女が絶句してしまっている。

ややあって、引きつった顔の早苗が口を開く。

「き、菊池さんがそういうのなら、いいんじゃない……かな？」

「そ、そうだね」

クラス中の男女が、なんか恐ろしいものを見たという顔で頷きあう。

かくして、和馬は生徒会長戦の二年一組のクラス代表となった。

第三章　生徒会長へのご挨拶

「おまえ、どういうつもりだよ！」

生徒会長選挙のクラス代表に選ばれてしまった畠山和馬は、ホームルームが終わると同時に隣の席の菊池芙美代に詰め寄った。

澄ました顔で椅子に座っていた芙美代は、机に両肘をついた手を組み、軽く小首を傾げながら悠然と笑う。

「あら、畠山くんがいったのよ。学校の綺麗どころの女子をみんなやっちゃうハーレムを作りたいって。そんな荒唐無稽《こうとうむけい》な夢を実現するためには生徒会長みたいな肩書を手に入れないと無理よ」

「はぁ？　……いや、そりゃ、夢は夢であってだな……」

一瞬なんのことかと思ったが、以前に友人としていたバカ話を聞かれていたらしい。

しかし和馬自身は、まさか本気でそんなことができると考えていたわけではない。煙《けむ》に巻かれている気がしてさらなる逆上をしようとする和馬を、芙美代は右の手のひらを広げて押しとどめる。

「メス奴隷としては、ご主人様の夢を叶えるために健気《けなげ》に努力しようとしているの。褒めてほしいわね」

「……」

絶句する和馬に、眼鏡をかけた女は口元に右手をやってクスクスと笑う。

「それに、自分のご主人様には、学校一の男であってもらいたいでしょ」

その蠱惑《こわく》的な笑みを見て、和馬は背筋がぞくっとした。

（な、なんだ。こいつ、こんな色っぽかったか）

以前から優等生的な知性派美人であったことはたしかだ。それでいてふんわりとした雰囲気は、親しみやすさを感じさせた。

しかし、いまの表情には隠しきれない毒があった。

たとえでいえば、魔女のような、というべきなのだろうか。知性的でありながら、どこか退廃的。それゆえにエロかった。

男を知ったことで、女として一皮剝けたということなのだろうか。

一筋縄ではいかない濃厚な女の色気に、畏怖されている自覚を持ちながらも、和馬は勇を鼓して口を開く。

「いや、そもそも問題として、俺が生徒会長になれるはずがないだろ！」

常に模試で学年一位を取っている芙美代とは違うのだ。

和馬は決して劣等生というわけではない。成績は常に上位だし、バスケ部でそれなりに活躍している自負はある。

しかし、それだけだ。どこにでもいる一般生徒という枠を出ない。

芙美代は首を横に振るった。

「大丈夫よ、ご主人様。わたしに任せてください」

自信たっぷりに請け負った芙美代は、悠然と椅子から立ち上がった。

「ついてきて」

芙美代の悠揚《ゆうよう》迫らざる雰囲気に負けた和馬は、そのあとについてすごすごと教室をでる。

すたすたと歩く芙美代の背中を、和馬はしげしげと見た。

（こいつ、後ろ姿が絵になるな。こうでかい尻がきゅっと吊り上がっていて……いや、まぁ、おっぱいはでかいわけだし、地味な装いの癖にスタイルはいいんだよな。オマ

×コもすげぇ締まって、むっちりしていて抱き心地がいい)

芙美代の犯し心地を思い出して生唾がでてきた。

(俺、昨日、こいつとやったんだよな。処女を割られながら、すげぇアヘ顔で、俺にしがみついてきた)

和馬に逸物をぶち込まれて、掘りまくられた芙美代は、トロットロになっていた。

(真面目な顔したこいつが、あんなドスケベ女だったなんて、いまだに信じらんねぇよ)

学校で処女を散らした彼女は、足腰はふらふらで、あまりにも危なっかしかったので、部活を休み自宅まで送ってやった。

小中高と成績で後塵を拝してきたため、勝手にコンプレックスを持って避けてきたところがあるが、やられたあとの態度などを見て、けっこうかわいいところもあるじゃないか、と見直したものだ。

さらにダメ押しだったのが別れ際、頬を染めた芙美代から告げられた言葉だ。

「わたし、畠山くんのメス奴隷なんだから、いつでもどこでも好きなだけやっていいのよ」

はっきりいって股間を撃ち抜かれたような気がした。これから毎日、芙美代とやりまくってやろうと決意したものである。

今日は、学校が終わったら芙美代といっしょに帰り、自宅に誘うつもりでいた。もちろん、優等生の皮をかぶったドスケベ女の化けの皮を引っぺがしてやるつもりだったのだ。しかし、そんな甘い気分は吹っ飛んでしまっている。

(まぁ、こいつは、メス奴隷なんて変なことを言っているけど、要するに彼女ってことだろ。女としては、自分の男に箔《はく》をつけたいという気持ちはわからんでもない。しかし、俺に生徒会長ってのは無茶だろ)

男としては、自分の女の希望を叶えてやりたいという見栄を感じないわけではないが、人間できることとできないことがある。

(どうやって断念させよう。あぁ、面倒くさい女に捕まった)

芙美代の後ろを歩きながら、和馬が頭を抱えていたときだ。不意に透明感のある、よく通る声が聞こえてきた
「菊池先輩～」

廊下を軽やかに駆け寄ってきたのは、黒髪をボブカットにした一年生の少女だ。

小柄で手足は細いのに力強く、俊敏そうな体軀《たいく》をしている。一年生のホープ、北川飛鳥だ。

「いよいよ、生徒会長選挙ですね。ぼく、応援しますよ」

「ありがとう。でも、わたしではなく、畠山くんを応援してね」

「えっ」

飛鳥はきょとんとした顔で、女王様の従者に顔を向ける。

「畠山先輩ですか？」

意外そうな顔でしげしげと顔を見られて返答に困っている和馬に代わって、優しい笑顔で芙美代が答える。

「ええ、うちのクラスの代表になったの。わたしは選挙対策委員長よ」

「へ、へぇ〜」

飛鳥は戸惑った顔で、芙美代と和馬の顔を交互に見る。

（その気持ちは痛いほどわかる。俺も生徒会長にふさわしいのは菊池だと思うぞ）

女子バスケットの期待の新人にして、来年度の生徒会長の最有力候補者はなにやら納得顔で頷く。

「お二人ってそういう関係だったんですね。残念だなぁ〜。まぁ、いいや、畠山先輩なら当選すると思いますよ。一年生女子にも人気ありますから、かっこいいって」

「気休め、ありがとうよ。単なる泡沫候補だから、覚える必要はないぞ」

「そんなことありませんよ。畠山先輩にも、菊池先輩にも、いつもお世話になっていますから応援します。なんでも協力しますんで、なにかあったら声をかけてください」

元気いっぱいの笑顔が眩しい。芙美代は頷く。

「ありがとう。頼りにさせてもらうわ」

「それじゃ、また」

爽やかに応じた飛鳥は、颯爽と駆けていった。

「こら、廊下は走らない」

芙美代の忠告を背中に受けた飛鳥は、自らの頭を軽く叩くふりをした。

それから改めて階段を降りようとした芙美代に、和馬は質問する。

「ところで、俺らはどこに向かっているんだ？」

「生徒会室よ」

「え？」

ごく当たり前に応じた芙美代の返答に、和馬は足が止まった。

和馬にはまったく縁のない場所である。一般生徒にとって職員室以上に縁がないのが普通であろう。

芙美代も立ち止まって後ろを振り返る。

「生徒会長戦に立候補するんですもの。まずは現役の生徒会長に挨拶しないといけないわ」

「お、おう」

理屈としてはそういうこともあるのだろう。先ほどまで自分が生徒会長戦に立候補するはめになろうとは想像もしたことがなかった和馬は、流されて頷く。

和馬が納得したと解釈した芙美代は再び向きを変えて階段を降りだした。仕方なく和馬も足を動かす。

（こいつの言いなりになっていていいのか、俺）

揺れる黒髪を眺めながら、和馬は何度逃げようとしたかわからない。

しかし、昨日、芙美代の処女を奪ったという事実が負い目になっていた。

（やっちまった女には、責任ってやつがあるよな。ちきしょう。俺はなんて、昨日、こんな女とやっちまったんだ。頭と顔がよくて、巨乳で、オマ×コが気持ちいいだけの、ドスケベな変態痴女だぞ……最高じゃねぇか）

妙な敗北感を覚えて、和馬は肩をがっくりと落とした。

（あとで腰が抜けるまでやってやる。おまえがいくら優等生面《づら》していても、ち×ぽ入

れられたら、無様にヒィヒィ鳴くことわかっているんだからな)

男の昏《くら》い情熱を背中に浴びていることに気づいているのかいないのか、芙美代は一階にある生徒会室にたどり着いた。

コンコン。

芙美代が扉を軽くノックをする。

「失礼します」

「菊池さんね、入りなさい」

上品ないらえを受けて芙美代は扉を開くと、一礼して足を踏み入れる。

仕方ないので、和馬も続く。

生徒会役員の芙美代はもとかく、和馬にはまったく縁のない場所だ。異様な緊張を強いられる。

八畳ほどの部屋に、大きな机があり、そこに現役の生徒会長の五十嵐玲子が腰をかけていた。

前髪パッツンの姫カットで、黒い長髪も美しい。制服を隙なく着こなしたモデルのような女性だ。まるで白磁のような肌をした、だれもが認める絶世の美人である。

「……」

なにやら書類仕事をしていたらしい玲子は、入室してきたのは生徒会書記の芙美代だけと思っていたのだろう。後ろに続く和馬の姿を見て、軽く驚いた表情をした。

机の前に立った芙美代は、和馬を押し出す。

「五十嵐先輩、紹介します。こちらのクラスメイトの畠山和馬くんが、このたび生徒会長戦のクラス代表となりました。わたしはその選挙対策委員長です」

「……」

何度か瞬きをした玲子は、美しい眉をひそめて困ったような表情で口を開いた。

「わたくしは、菊池さんに次を託すことになると思っていたんですが……」

「わたしなんかよりも、畠山くんのほうがふさわしいですよ」

いつもの古拙な笑みを浮かべた芙美代は、ぬけぬけと語る。

しかしながら、玲子の顔はまったく納得していないようだ。その気持ちに和馬はまったく同感である。

「まぁ、あなたたちのクラスでそう決まったのなら、わたくしが口を挟むことではないわね」

先輩の微妙な雰囲気になど頓着せずに、芙美代は柔和な笑みを浮かべたまま話を続ける。

「実は今日は、折り入って先輩にお願いがあって参りました」

「なにかしら？」

「畠山くんを後継に推薦すると先輩に宣言してもらいたいんです」

玲子は呆れた表情で、頭を左右に振るった。

「無茶をいわないでほしいわね。わたくしは、その畠山くんとやらのことをよく知らないわよ」

「これからよく知ればいいじゃないですか？」

「……」

芙美代の眼鏡越しの視線と、玲子の切れ長の眼差しが正対する。

折れたのは玲子だった。椅子に座りなおして、軽くため息をつく。

「まぁ、立ち話もなんですから、ひとまず椅子に座りなさい」

「ありがとうございます。畠山くん、座っていてください。わたしはお茶を淹《い》れてきます」

部屋の隅にあった椅子。一般の教室にある生徒たちが利用する代物だ。

それを二脚、生徒会長の机の前に持ってきて、一方に和馬は座る。

その間に、芙美代は勝手知ったるといった様子で、部屋にあったポットと急須でお茶を淹れてきた。

「どうぞ」

「ありがとう」

三人分の茶碗を、配膳した芙美代は和馬と並んで椅子に座った。

玲子は、おそらく私物であろう桜色の茶碗に軽く口をつけてから口を開く。

「それで畠山くんは、生徒会長となってやりたい目標はあるのですか？」

「それは……」

あるはずがない。なにせつい先ほどまで生徒会長になろうなどとは夢にも思ったことがなかったのだ。

和馬が口を開く前に、傍《かたわ》らに座った芙美代がニコニコとした笑顔で応じた。

「モテモテになって、学園中の綺麗な女子とエッチしまくって、ハーレムを作りたいそうです」

「ぶっ」

和馬はお茶を噴きそうになった。

玲子は呆れ果てた顔で、芙美代のニコニコした顔を見る。

「菊池さん。そんなやつをわたくしに推薦しろというのですか？」

「はい」

「理由は？」

不愉快さを隠そうともしていない怜悧な生徒会長に向かって、生徒会書記は悪びれずに応じる。

「五十嵐先輩のような圧倒的なカリスマ性のある方ならばともかく、基本的に高校の生徒会長なんて、だれがやったってそう変わるものではないでしょう。最低限の能力があれば十分だと思います。少なくとも、この畠山くんは見てくれはいいですから、それだけではったりは利きます。それに、ここからが重要なのですが……」

「ほぉ〜？」

和馬になにか重要な秘密でもあるのかと興味をひかれたようで、玲子は身を乗り出す。

和馬もまた、芙美代がどんな深淵《しんえん》な理由を言うのかと興味をひかれた。

二人の注視の中、芙美代はあっけらかんと答える。

「恰好よくてスケベな男って最高じゃないですか？」

「はぁ？」

和馬と玲子は、同時に顎が外れそうになる。

そんな二人の様子にまったくひるむことなく、芙美代は笑顔で続ける。

「五十嵐先輩。高校を卒業する前に、処女を卒業したいっていってましたよね」

「こ、こら」

女同士の猥談を男子の前で暴露されて、さすがの玲子も頬を赤らめて慌てる。

芙美代はさも同情するといった表情を作った。

「先輩みたいな超絶美人ですと、高嶺の花扱いされて男の人が寄ってこないですよね。ご苦労をお察しします」

「よ、よけいなお世話よ」

頬を赤くしながら憮然と応じる先輩に、芙美代は詰め寄る。

「そこで畠山くんはどうでしょう？」

「ど、どう……とは」

意味がわからず困惑している先輩に向かって、食わせ者の後輩は答える。

「畠山くんの外見は先輩のもろ好みでしょ。それにおち×ちんもすっごく大きくて硬いんです。しかも、絶倫」

芙美代はまるで甘いジェラートの思い出でも語るかのように、軽く頬を押さえてうっとりとする。

「あなた、やったのですか？」

真面目な優等生にしか見えない芙美代の口からでたとは思えない台詞に、良家のお嬢様であろう玲子は目を白黒させている。

「はい。僭越《せんえつ》ながら味見させていただきました」

悠然と応じた芙美代は、どこからともなく取り出した手錠で、傍らで呆れていた和馬の手足を椅子に拘束していく。

「え、なにを？」

あまりにも当たり前な作業のようにされたので、和馬は抵抗するのを忘れていた。

気づいたときには椅子に固定されて動けない。

「どういうつもりだ？」

「心配ありません。わたしにすべてお任せください」

「というか、なんで手錠なんて持ち歩いているんだ、おまえは!?」

和馬の疑問に、にっこりと笑顔で応じた芙美代は、そのズボンのチャックを下ろすと中から逸物を引っ張り出した。

「ちょっと、ちょっとやめろって」

すでに肉体関係のある仲だ。いまさら逸物に触れるなとはいえないが、第三者の目がある場所で露出させせられることは、さすがに恥ずかしい。

「……」

あまりといえばあまりの事態に、椅子に座っている玲子は眼を見開いて硬直している。せっかくのクールビューティーが、台無しだ。

露出した逸物は、当然ながら小さかった。

「まぁ、かわいい」

芙美代は逸物を軽く摘まむと、シコシコと扱く。

「あ、こら、やめろ」

生徒会長の視線が突き刺さるなか、逸物はたちまち隆起してしまった。しかし、亀頭部は半分以上、包皮に包まれている。

「あらあら、まあまあ、生徒会長さまにご披露するのに、これでは礼を失しますね」

そういって芙美代は、仮性包茎であった包皮をぐいっと根本まで剝き下げる。

「ぐはぁっ」

真っ赤に腫れ上がった亀頭部を露出させて、和馬は大ダメージを受けてのけぞった。

芙美代は委細かまわず、右手で肉幹を摑むとシコシコと扱ながら、左手で頰を押さえる。

「どうですか？　先輩。このおち×ちん、すっごく大きいでしょ」

おそらく勃起した男性器を肉眼で見たのは初めてなのだろう。目をかけていた後輩の所業に、玲子の頬は紅潮し、黒目を泳がせる。

「ど、どういうつもり……」

勃起した逸物を手にした芙美代は、にっこりと笑って促す。

「このおち×ちん、先輩に進呈いたしますわ。現役の生徒会長として、次期生徒会長に心得などを叩きこんでいただけないでしょうか？」

「……」

ややあって、我に返った玲子は頭痛がするといいたげな表情で口を開く。

「菊池さん、そのお方はあなたの彼氏ではないのですか？」

「まさかぁ、わたしは畠山くんのメス奴隷にすぎませんわ」

言葉とは裏腹に、口角を吊り上げた表情はどうみてもどエスだ。

「メス奴隷っ!?」

玲子はショックを受けたようで、切れ長で美しかった目を大きく見開く。そして、和馬をケダモノ、ないし犯罪者を見る目できっと睨む。

おそらく、かわいい後輩が、野蛮な男の毒牙にかかったとでも思ったのだろう。

（いや、冤罪です）

と和馬は心から主張したかった。

しかし、芙美代が口を挟む暇を与えてくれない。恍惚とした表情で自らの体を抱く。

「わたし、おち×ちんに負けてしまったんです。先輩もやられてみたらわかりますよ。このぶっといおち×ちんで貫かれると、最初は痛いですけど、だんだんとなじんできて、子宮を揺さぶられるたびに、ああ、メスに生まれてよかった、と心の底から実感できるようになるんです。そして、子宮にビュービューと精液を浴びられる瞬間こそ、まさに……愉悦」

「……ごくり」

信頼する後輩の初体験を聞いて、いまだ男を知らぬ先輩は生唾を飲み込む。

「女の体は、男を迎え入れるようにできているのです。先輩もきっと気に入りますわ。おち×ちんですっきりしたほうが、受験勉強もはかどると思います」

「いや、しかし……」

逡巡する玲子に、芙美代は促す。

「大丈夫です。ご主人様はハーレムを作りたい方ですから、女に固執《こしつ》しません。ですから、あと腐れなく遊べますよ。つまり、女にとってはただの肉棒です」

「ただの肉棒？」

「ええ、単なる性欲解消用の生バイブです」

真面目だと思っていた後輩のきっぱりとした断言に、生真面目な先輩はなんともいいようのない顔で硬直している。

芙美代はやんわりと促す。

「ためしに、まずは口に咥えてみては……女はおち×ちんの味を知るだけで人生観が変わりますよ」

「そ、そういうものですか？」

「ええ、少なくともわたくしは変わりました」

後輩の口車に乗った玲子は、椅子から立ち上がった。そして、まるで夢遊病者のようにふらふらと机を迂回して、椅子に拘束されている和馬の前にやってくる。

「ちょ、ちょっと、先輩？」

動揺する和馬をよそに、瞳孔がグルグルと渦を巻いているような表情の玲子は、和馬の膝の間に膝を開いて屈みこんだ。

「こ、これがおち×ちんですか？」

鼻先で逸物をしげしげと眺めた玲子は、両手を差し出すと恐るおそる逸物を摑んだ。

「うお」

すこしひんやりとした繊手で逸物を握られた和馬は、思わずうめいてしまった。

ビク。

玲子は少し驚いたようだが、すぐに気を取り直して、逸物の形を確認するように両手を上下させる。

「ここが陰嚢ですか。本当に中に二つ玉がありますね」

女にとって、男根というのは未知のものなのだろう。好奇心を抑えられないらしく、いろいろと弄んでくる。

そんなおち×ちん遊びに興じている先輩の右の耳元で、悪魔の後輩が囁く。

「さぁ、遠慮なくガプリといってください」

「あ、ああ……」

右手で男根を握った玲子は、左手で艶やかな頭髪を掻き上げながら、まるでラーメンでも啜るような仕草で、亀頭部の先端を口に咥える。

「あっ」

温かい唾液にまみれた粘膜に、男の急所は包まれる。

和馬にとって、芙美代に続いて、二人目のフェラチオ体験であった。

（うわ、あの生徒会長が俺のおち×ちんを咥えているよ。なんでこんなことになったんだ？）

和馬にとって、生徒会長とは遠くから眺めているだけの存在だった。学園生活中で親しく会話をすることなどないと思っていた。

そんな女性に、逸物を咥えられているのだ。

まるで夢。淫夢としか思えない体験だ。

「ジュル、ジュルジュル……」

同じフェラチオといっても、芙美代とはだいぶ違うしゃぶり方だった。

芙美代は喉奥まで咥えて、呑み込むような口戯だったのに対して、ラーメンか蕎麦を啜るように亀頭部を吸引してくる。

（さ、さすが五十嵐先輩。おち×ちんを咥える姿も上品だ）

感動している和馬に、芙美代が質問してきた。

「どうですか？　生徒会長の口オマ×コの味は？」

「さ、最高……」

和馬が恍惚と答えると、芙美代は自らの体を抱いて身悶える。

「まぁ、わたしという肉奴隷を飼いながら、他の女の口オマ×コが最高だなんて、なんという鬼畜」

「いや、別におまえの口が劣るといっているわけでは……はぅ」

不意に玲子のフェラチオがいちだんと激しくなった。

どうやら、女として、先輩として、後輩には負けられぬという競争意識に目覚めたらしい。頬を窄めると男根を吸い出す。いや、正確には尿道口を目標に吸引している。

これには和馬も驚いた。

(あ、やめて。いま、そこを吸われたら、でる、でる、でちゃうというか、吸い出される)

フェラチオはフェラチオでも、これはバキュームフェラといわれる技であろう。

尿道をストローにして、睾丸から直接、精液を吸い出されるような恐怖に、和馬は震えた。

しかし、玲子は委細かまわずに尿道口を吸引する。

そのため、両の頬が窄まり、クールな美貌も崩れてしまって、まるでひょっとこのような顔になってしまっていた。

「ふぅ〜、ふぅ〜、ふぅ〜」

口が塞がっているのだから、鼻で呼吸をしなくてはならない。そのため玲子の鼻の孔が大きく広がってしまい。そこから鞴《ふいご》のような音を立てながら噴き出した強烈な鼻息によって、和馬の陰毛が揺れた。

（うわ、あの生徒会長がなんて顔で、おち×ちんを咥えているんだ）

五十嵐玲子とは、だれもが認める女生徒会長らしいカリスマ性に富んだ気品溢れる存在だったはずだ。

それがいまや、見る影もない下品なひょっとこ顔で逸物を啜っている。

おそらく、ほとんど面識がなかった後輩の逸物を咥えているというこの状況に、玲子もそうとうに興奮しているのだろう。

顔が真っ赤で、目がトロンとしている。完全に発情した表情であった。

「うん、チュー、うん、チューチュー、ジュルジュル」

夢中になって逸物を啜っている生徒会長に、生徒会書記が質問する。

「どうです。すごいでしょ。おち×ちんを咥えているだけで、子宮がキュンキュンしますよね」

「う、うん」

返事をするのももどかしいといった様子で、ひょっとこ顔の玲子は男根を啜っている。

「ジュルジュルジュル……」

「ああ、わかります。先輩のいまの気持ち、手に取るようにわかります。おち×ちんっておいしいですよね。そして、いま口に咥えているおち×ちんを、下の口で咥えたときのことを想像している……ああ、答えを教えてあげます。そのおち×ちんでオマ×コを貫かれたとき、想像を超えて気持ちいいですよ。このおち×ちんの奴隷にしてくださいって懇願したくなるほどに」

陶然とした声をあげた芙美代は、自らの体を抱いてのけぞる。

(こいつはほんと、筋金入りの変態だな。うっ、ヤバい。もう出そう。いいのか？　このまま五十嵐先輩の口に出して。いや、でも、五十嵐先輩に俺のザーメンを飲んでもらいたい)

カリスマ性に溢れた綺麗な先輩の口内で射精したいという本能に負けた和馬は、欲望を解放した。

ドクン！

その間も玲子は、尿道口を吸っている。

「チューッ」

まるで尿道をストローにして、睾丸から直接、精液を吸い出されているような恐怖を感じながら、和馬はかつてない快感に悶えた。

（あ、やめて、そんな……全部、吸い取られる）

動揺する和馬とは逆に、玲子は慌てず騒がすに口内に溢れかえる粘液をすべて受け止めた。

射精が終わったのを確認してから、しぼんだ逸物をゆっくりと吐き出す。

それから口内にたまった液体を舌に乗せて味わうような仕草をしてから、ゆっくりと嚥下《えんか》した。

「ふぅ～、これがザーメン。なんて濃厚な液体なのかしら？」

満足そうな顔の玲子に、芙美代は背後から抱き着くと、制服の上から乳房を揉む。

「どうです、先輩？　畠山くんが生徒会長になったら、このおち×ちんを食べ放題ですよ」

後輩に乳房を揉まれながら、玲子は苦笑する。

「仕方ないわね。こんな賄賂を贈るだなんて。菊池さん、あなた悪い女ですね」

「先輩がもっとも欲しているものを、進呈しただけですよ」

「言ってなさい」

戯れながら芙美代の手が、玲子の白いセーラー服を脱がす。中から涼やかな水色のブラジャーがあらわになった。

そのブラジャーも芙美代によって外されると、形のいい美乳があらわになった。

手足のスラリと長いモデル体形ゆえに、乳房はそれほど大きくない。間違いなく芙美代のほうが大きかった。

乳首は小粒の梅干しのように小さく、濃厚な紅色だ。

(これが五十嵐生徒会長のおっぱいか)

乳房に見惚れている和馬の視線を感じたのだろう。上半身裸となった玲子は、恥ずかしそうに艶やかな黒髪を掻き上げつつ顔を近づける。

「畠山くん、わたしも興味があったんですよ。男のおち×ちんに負けて性奴隷になるってやつに。もし、本当にわたしを性奴隷とやらに堕とせたのなら、次期生徒会長として推薦してあげます」

いや、別に生徒会長になりたいわけではないのだが、玲子とエッチはしてみたかった。

「が、頑張ります」

「うふふ、では、試験してあげます」

そう言って前髪パッツンの女生徒会長は、椅子に縛り付けられている男子生徒の唇に、自らの唇を重ねる。

「あっ」

芙美代がなにやら驚いたような声を出した。

「っ」

和馬は目を見開いた。

先ほどフェラチオをしてもらった口だ。口内にザーメンが残っているかもしれない。

しかし、汚いと思うのは、女に対して失礼だろう。その汚いものを口に咥えてもらったのだ。

また、それ以上に和馬が意識しなくてはならないのは、これがファーストキスだったということである。

芙美代と淫らな関係を結んだのに、接吻だけはしていなかった。

玲子は、委細構わず和馬の唇に、自らの薄い唇をこすりつけてくる。

「う、うむ、うむ……」

玲子は舌を出し、和馬の唇を舐めまわし、さらに狭間《はざま》に入れてきた。和馬は素直に唇を開き、迎え入れる。

互いの舌を絡めあう。

やがて満足したらしい玲子は、唇を離した。そして、和馬の鼻の頭を右手の人差し指で突っつく。

「うふふ、さすがに菊池さんのお眼鏡にかなった男ですね。よく見ると悪くないですわね。ねぇ、次はなにをしたいかしら？」

「お、おっぱい。しゃぶらせてください」

「うふふ、いいわよ」

玲子は和馬の膝を跨いで座ると、その頭を抱いた。

和馬のいきり勃つ逸物が、生徒会長の股間に押しつぶされる。

同時に形のいい乳房が和馬の鼻先にくる。その赤い小粒梅干しのような乳首を口に含む。

「ああ、これ、たしかに気持ちいい。気持ちいいわ」

玲子は官能の吐息をあげた。同時に和馬の口内で乳首が硬くシコリ勃っていく。

小粒梅干しのような見た目をしていても、酸っぱくはなかった。ただし、食欲を増進させる効果は梅干しとなんら変わらず、和馬は夢中になって吸引する。

「ああ、そんな強く吸われたらおっぱいが伸びてしまう。お、お願い、交互に、左右を交互にお願い」

片方だけ吸われると乳房のバランスが悪くなるとでも思ったのか、玲子は左右の乳首を交互に和馬の口元に押し込んできた。

和馬は差し出されるがままに、二つの梅干し乳首を交互に吸引した。

「ああ、おっぱいを吸われるのがこんなに気持ちいいだなんて、ああ、ダメ、わたしもう、もう、もう……」

ビクビクビク。

玲子がぐったりと脱力したところで、芙美代の上ずった声がかかる。

「先輩ったら、おっぱい吸われただけでイッてしまうだなんて、敏感なんですね」

「仕方ないでしょ。おっぱいを吸われたの、初めてなんですもの」

照れくさそうに黒髪を掻き上げる玲子の背後から抱き着いた芙美代は、右手をスカートの中に入れる。

「あはっ、ショーツの上からでもわかるほどにぐっちょり濡れていますね」

「や、やめて……」

「いまさらなにを恥ずかしがっているんですか。次はここをご主人様に舐めてもらいましょう。オマ×コを舐められるのって、おっぱいを吸われたときよりも気持ちいいですよ。まさに天に昇るような心地です」

ゴクリ。

生唾を飲み込んだ玲子は、いそいそと腰を上げた。

「うふふ、先輩ったら、ほんとスケベですね」

「あなたには、かなわないわよ」

「あらあら、わたしは先輩の薫陶《くんとう》を受けた存在ですのに」

そう言いつつ芙美代は、玲子のスカートの左右を持ってたくし上げた。

黒いパンストに包まれた下半身があらわになり、その薄布越しに水色のショーツが見える。その股ぐり部分を注視すると、パンストの表面にまで大きな濡れ染みができていた。

（生徒会長のような方でも濡れるんだな）

乳首を舐めしゃぶられてイッた直後である。濡れていて当然とはいえ、なかなか衝撃的である。

黒パンストの左右に指をかけた芙美代は、中のパンティもろともするすると引き下ろす。

「あ……」

玲子は官能的な吐息をつき、布のまたぐり部分と女性の股間の間に透明な糸をひく。

あらわになった黒々とした陰毛が、筆の先のようになっている。

（菊池よりも、本数が少ない感じだな）

一歳年長とはいえ、芙美代のほうが乳房も大きいし、陰毛も豊富だ。

黒パンストと水色のパンティを左足から引き抜いた芙美代は、右の足首にリボンのように留め置いたまま、そのおしゃれな布に飾られた足の膝を持って上げさせた。

「うふふ、さぁ、いきますよ。くぱぁ」

芙美代は楽しげに声をあげて、尊敬する先輩の肉裂を右手の人差し指と中指で割った。

（うわ、生徒会長のオマ×コだ）

全校生徒、知らぬものとてないカリスマに満ちた美人お姉さんの女性器である。

芙美代の女性器よりも、全体にすっきりとしていてよけいな脂肪がない。それでいて、全体に少し灰色がかってみえた。

（オマ×コって、人によって形が違うんだな）

陰核があり、膣穴があり、大陰唇がありと、あるべきものは同じなのに、まったく印象が違ってみえる。

それは人の顔と同じなのかもしれない。

目、鼻、口と同じものがあるのに、個性がある。

別にどちらが上とか下とか優劣をつけるようなものではないだろう。ただただ男を惑わす淫花だ。

「さぁ、ご主人様、生徒会長のオマ×コを隅々まで舐めて、堕としてしまってください」

「あ、ああ……」

椅子に両手両足を手錠で拘束されている和馬は、首を必死に前方に伸ばして、美しい先輩の股間に顔を埋めた。

(うわ、先輩のオマ×コ、すげぇメス臭)

いわゆる処女臭であろうが、明らかに芙美代よりも、匂う女性器であった。

おそらくだが、芙美代は和馬に向かって股を開くとき、やられる覚悟をしていたわけで、女性器を丁寧に洗い清めてきたのではないだろうか。

一方で、玲子は本日、まさか男の前で股を開くことになるとは予想していなかったわけで、油断があったということではないだろうか。

とはいえ、メスの性臭は男を高ぶらせる媚薬でしかない。和馬は夢中になってむしゃぶりついた。

「ジュルジュルジュル」

「あ、ああ、あああ」

玲子は盛大に顎を上げてのけぞる。その光景に背後から抱きかかえている芙美代は陶然と囁く。

「先輩の感じている表情、とってもエッチで素敵です。ゾクゾクしてしまいます」

「ああ、はず、恥ずかしい。ああ、でも、いい、いいの、オマ×コ、舐められるのいい、気持ちいい、いいわよ、菊池さん、これ、すっごくいい、癖になりそう」

後輩からのプレゼントを楽しむと決めた玲子は、遠慮なく狂乱している。

(ああ、これが五十嵐生徒会長のオマ×コ、マン汁の味)

芙美代のマン汁とそう変わるものではないとは思う。しかし、思い入れは人間の味覚に多大な影響を与えるものだ。

まさに生徒会長としてのカリスマ性に富んだ女性の蜜汁を飲めて、興奮せずにはいられない。

和馬の舌先は縦横に動き、陰核を弾き、膣穴をほじった。

「ああ、これすごい、すごいわ、いい、いいの、上手、上手よ、畠山くん、こんなの初めて、オマ×コ舐めてもらえるの、すごく幸せ、ああ、もう、もう、イク、イク、イク、イッちゃう〜〜〜」

ブルブルブル。

後輩の男女に挟まれて、カリスマに満ちた生徒会長は激しく肢体を痙攣させた。

「ふぅ〜」

やがて落ち着いた玲子は、満足の吐息をつく。

「さすが菊池さんをメス奴隷に堕としただけあって、上手ね」

「いや、それほどでも」

和馬としては自分が上手かどうかはわからない。ただ情熱を込めて、隅々まで舐めたことだけはたしかだ。

不意に玲子は叫んだ。

「ああ、もう、我慢できませんわ。菊池さん、本当に頂いていいのですね」

「ええ、先輩のお望みのままに」

芙美代は気取った一礼をする。

「それじゃ、遠慮なくいただきますわ」

右足首を黒パンストと水色のパンティで飾った玲子は蟹股開きになると、椅子に拘束されている和馬の両肩を抱いて、腰に跨ってきた。

いきり勃つ逸物の切っ先が膣穴に添える。

「ちょっ、ちょっと先輩」

和馬としては、美人とエッチできるのは純粋に嬉しい。しかし、この状況で結合するのはどこかおかしい気がする。

ふだんのクールビューティーぶりはどこへやら、顔を真っ赤に紅潮させた玲子は、和馬の瞳を覗き込む。

「畠山くん。わたくしと菊池さんの会話で察しているとは思うけど、わたくしはまだ処女ですよ」

「あ、はい」

「わたくしの処女をあげるのだから、思いっきり楽しませなさいよ。ご主人様。さぁ、いきますわよ」

気合いとともに玲子は膝を開き、腰を落とした。

ズボリ。

「くっ……」

玲子の腰は一気に和馬の腰に落ちた。同時に顔をしかめる。

おそらく、破瓜の痛みに耐えているのだろう。

（うお、この感じ……昨日の芙美代と同じ……）

破瓜の痛みに耐えかねて、逸物を思いっきり締めてしまうのは女の本能らしい。

異物を握り潰そうとするかのように、痛いほどにギッチギチに締め上げられる。

これでは女壺を楽しむという感覚はない。とりあえず気遣ってみる。

「大丈夫ですか？」

「後輩が我慢できたことを、我慢できないわけがありませんわ」

けっこう、本気で痛いらしく、あのクールビューティーなお姉さまが涙目になり、頬を一筋の涙が流れた。

「最初は痛いでしょうけど、少しずつ慣れてきますから、頑張ってください」

「ええ」

そんな男女の会話に、芙美代がだれにも聞こえないような小さな声でぼやく。

「わたしのときには、あんな優しい言葉をかけてくれなかったのに……」

しばし時が流れて、ようやく体に咥えこんだ異物に慣れてきたらしく、キツキツだった膣圧も緩くなってきた。

そうなると、膣洞の個性のようなものが感じられるようになる。

（これが五十嵐先輩のオマ×コ。菊池のオマ×コとまた違った感覚だな）

芙美代の膣洞は、脂が乗った感じでヤワヤワと肉棒に絡みついてきた感じであったが、玲子の膣洞は、より鋭角できつい感じがした。

(それに亀頭の周りでブツブツした感じ、これってもしかして、噂に聞く数の子天井ってやつなんじゃ……。いや、でも、オマ×コに貴賤《きせん》はないよな。どちらも尊い)

肩の力が抜けた玲子に、和馬は質問する。

「どうですか？　五十嵐先輩」

「い、いいわ。菊池さんの言うとおりの逸品ですだわ。大きくて、太くて、硬くて、奥に届くの。ああ、奥をゴリゴリされるの最高。ああ、それに、オマ×コが広がる、内側から広げられるこの感じ、最高に気持ちいいわ。これは癖になるわ、絶対に癖になる。ああ、女は男に逆らえない道理が理解できましたわ」

クールな美人お姉さんが、すっかりメス顔になってしまっている。

玲子は、両腕で椅子に拘束されている和馬の首を抱くと、恐るおそる腰を上下させ始めた。

「あん、いい、気持ちいい、おち×ぽさま気持ちいい」

一度腰を動かしだしたら、止まらなくなってしまったのか、玲子は凄まじい勢いで腰を上下させる。

「う、うおお」

昨日、芙美代に対しては、思いっきり腰を使い、男を思い知らせてやったのだが、今日の和馬は、椅子に縛り上げられていて自分から腰を使うことはいっさいできない。一方的に腰を使われる。

(ひっ、亀頭の裏にあたるブツブツが、き、気持ちよすぎる。このままでは絞り取られてしまう)

初めての相手に、それは恰好悪いだろう。和馬は男としてのメンツにかけて、必死に我慢した。

しかし、綺麗なお姉さんの荒腰はあまりにも凄まじい。

「ああん、おち×ちんが、おち×ちんが、わたくしのオマ×コの中で、びっくんびっくんいっているの。ああ、気持ちいい、気持ちいいわ」

牝馬のごときたけり狂った牝に、和馬は負けた。

(あ、もう……ダメ)

ドビュユユユユ！

「あ、ああ、熱い、熱いの、あああ～～～ん」

和馬の首を両手で抱いたまま、玲子は盛大にのけぞった。

それから失望した表情で、和馬の顔を見る。

「もう出してしまったの？」

「大丈夫です。まだ、まだできます」

男としてのプライドを刺激されて、和馬は反射的に応じてしまった。

実際、逸物は一度射精したぐらいは小揺るぎもしていなかった。それと悟った玲子は満足げに頷く。

「あは、さすがは生徒会長になってハーレムを作ろうという男ですわね」

「いや、そんなつもり……」

ない、と言う前に玲子の荒腰が再開された。

ズブズブズブ……。

膣内にたまった精液が潤滑油となって、玲子の腰使いをよりいっそう滑らかなものとした。

「ああ、いい、おち×ちんいい、こんなに気持ちいいものだったなんて、ああ、もう、もう、やめられないわ」

玲子の腰使いは、止まるということを知らなかった。

「ああ、先輩ったら、なんてすごい腰使いなのかしら。まさに棒枯らしだわ」

芙美代は左腕で自らの乳房を抱き、右手をスカートの中に入れてオナニーをしていた。

その光景に気づいた和馬は、口を開く。

「菊池。そんなところでオナニーするくらいなら、パンツを脱いで股を開け」

「ああ、ご主人様の命令ならば、喜んで従いますわ」

芙美代は嬉々として、黄色いパンティを脱ぐと、生徒会長の執務机に腰を下ろして、股を開いた。

和馬は腰に玲子を乗せたまま、顔をまえに伸ばす。

「まったく、濡れ濡れじゃねぇか。どんだけスケベなんだ、おまえは」

「あん、そんなに優しくされたら、ああん」

和馬は逸物で、学園のカリスマ生徒会長の破瓜中の膣洞を味わいながら、昨日、処女を奪ったばかりのクラス委員長の陰部を舐めた。

(おお、オマ×コの中に舌が簡単に入る。菊池の処女膜がなくなったということか。たかが処女膜。されど処女膜。女性の生涯で一枚しかない大事なものを奪ったのだと思うと感慨深い。

(それにいま俺、五十嵐先輩の処女も奪っているんだよな)

多幸感に耽りながら、和馬は舌を動かした。

「ああ、わたくしの処女を奪っている男が、同時に他の女のオマ×コを舐めているだなんて、ああ、なんて屈辱的な体験なのかしら？」

「す、すいません」

「いいのよ、いいの、これぞメス奴隷の醍醐味《だいごみ》よね」

そう言いながら玲子は、荒腰を続けた。

たまらず和馬は再び射精してしまう。

ドビュッ！　ドビュッ！　ドビュッ！

「あ、ああ、あああ、また、また入ってくるぅ〜〜」

満足の声をあげた玲子であったが、その荒腰は止まらない。

「ちょ、ちょっと、ああ、そんなに連続でなんて、ひぃ」

思春期の男子の逸物は、いくらでもできるとはいっても、限度はある。

「さすがに三度も射精すると、おち×ちんに先ほどまでの勢いが感じられないわね」

「任せてください」

玲子の残念そうな呟きを聞いた芙美代は机から飛び降りると、和馬と玲子の股の間に入った。

うだ。

そのせいで、もはや空っぽと思われた睾丸の中で、新たな精液の生産が始まったよ

芙美代の舌が、陰嚢をペロペロと舐めだしたのだ。

「菊池、おまえ、なにを」

「すごい、すごいわ、このおち×ちん、すごい」

歓喜した玲子は、そのあとも飽きることなく腰を上下させていた。

結果、和馬は六回連続も射精させられてしまう。

朦朧《もうろう》とした意識の中で、女たちの会話が聞こえてくる。

「どうですか？　五十嵐先輩、メス奴隷に堕ちた気分は」

「最高だわ」

「さすが先輩。そういってくれると思いました。そうだ。記念写真を撮りましょう。こちらを向いてください。はい、チーズ」

椅子に縛り上げられている和馬に背を向けた玲子は、両手でVサインをした。

「はい、いい写真が撮れました」

「わたくしにもみせて。あははっ、酷い顔。聞いたことがあるわ。これってアヘ顔ダブルピースってやつでしょ」

「はい。まさに男にメス奴隷にされてしまった証《あかし》です」

学校で圧倒的なカリスマとして君臨している生徒会長が、まさかするはずがないと思えるポーズの画像を見て、本人は大喜びしている。

「うふふっ、たしかに、こんな恥ずかしい写真を撮られては性奴隷になるしかありませんわね。わかりましたわ。畠山を、いや、ご主人様を次期生徒会長として、わたくしが推薦します。その代わり……」

「ええ、ご主人様たるもの、メス奴隷をかわいがる義務がありますわ。そうですよね、ご主人様」

「あ、ああ……」

椅子に縛られ、もはやピクリとも動かぬ逸物を無理やり、女の体内に呑み込まれている和馬としては、頷くことしかできなかった。

かくして、和馬はなぜか現役生徒会長をメス奴隷にしたわけだが……。

(どうみても俺のほうがおち×ぽ奴隷にされたよな)

第四章　熾烈な肉奴隷選挙

「二見高校の自由と伝統を守りつつ、さらなる発展に尽くす所存です。清き一票のほど、なにとぞよろしくお願いいたします」

放送室に呼ばれた畠山和馬は、放送部員の用意したデジタルカメラの前で定番の政見演説をさせられた。

「はい。オーケー！」

テレビのディレクターのように放送部員に指示を出したのは、甘栗色の短髪をして、フリルのついた薄いピンク色のブラウスに、膝を隠す厚手のミニスカートを穿いている二十代半ばの女性。

すなわち、担任教師の橋本早苗だった。

「はい、ご苦労さん。これでも飲んで一息つきな」

一仕事終えた和馬のもとに、早苗は紙コップに入ったコーヒーを持ってきてくれた。

「ありがとうございます」

「いや～、畠山が生徒会長戦にでるって話になったときはどうなるかと思ったけど、なかなかさまになっているじゃない」

「精いっぱい見栄を張っているんですよ」

生徒会長に切実になりたいとは思わないが、人前でみっともない姿をさらすのは趣味ではない。まして、録画されたものは永遠に残るのだ。

「あはは、見栄を張っているうちに、その見栄が体に馴染むということもあるわよ。畠山には期待しているわ」

明るく笑った早苗は、和馬の肩をパンパンと叩いてくる。

「痛い、痛いですから、コーヒー零れますって」

「おー、ごめんごめん」

フレンドリーに笑う女教師を横目に見ながら、和馬はコーヒーを一口飲む。

(橋本先生ってやっぱり大人の女って感じがするよな)

薄いピンク色のお洒落なブラウスに厚手のスカートという服装は、女教師として平凡な装いであろう。

その雰囲気も、知に偏るでもなく、だからといって体育会系というわけでもない。どこにでもいそうな気さくで付き合いやすい先生だ。

二十代後半の女性としては、平均的な背丈であり、体重だろう。顔にしても、スタイルも決して突出したものがあるわけではないが、十分に綺麗な大人の女性である。

女子高生などよりは明らかに色気があった。

ブラウスを押し上げる双乳は、芙美代より小さいのかもしれないが、和馬の視線を奪う。

大人の女といっても、身長は和馬のほうがあるから、近寄られると上から見下ろすかたちとなっている。

(う〜む、大きさは平凡だと思うのに、魅惑的なおっぱいだ。いったいなにが違うんだろうな)

女体の神秘、あるいは奥の深さに思いを馳せながら、早苗の谷間を見ていると、少しブラジャーが見えた。

(あ、ベージュだ)

クラス委員長の菊池芙美代や、生徒会長の五十嵐玲子のブラジャーを見放題な環境にある和馬だが、つい嬉しくなってしまう。

（大きすぎず小さすぎず、桃のように形がよくて甘そう。あー、橋本先生のおっぱいしゃぶりたい。橋本先生とセックスするとどんな感じなんだろうな）

芙美代や玲子とセックスフレンド的な関係になっている和馬であったが、正直、彼女たちとの関係は成り行きという気分があって、熱烈な恋愛感情を持っているわけではない。

それよりも、担任教師の早苗に対してこそ、性的な欲望を感じていた。

大人の女である早苗に、女の抱き方をレクチャーしてもらいたいという願望があり、幾度となくオナペットにしていたのだ。

早苗に筆おろしをしてもらうという夢は潰《つい》えたわけだが、いま他の女を知ってから改めて見ると、童貞だったときと違い、妙に生々しく妄想できる。

（やっぱり大人の女だし、いろいろとすごいことしてくれるんじゃないだろうか？　って五十嵐先輩や菊池よりすげぇことって、ちょっと想像できねぇけど。大人のセックスか、きっとすごいに違いない）

そんなことを考えていると、早苗が質問してきた。

「おまえさ、菊池のやつと付き合っているのか？」

「ぶっ」

女教師の胸元を見ながら妄想していた和馬は、意表をつかれてコーヒーでむせた。

「ま、まさか、いきなりなにいっているんですか⁉」

学校の屋上、トイレ、生徒会室と、毎日、どこかでセックスはしているが、付き合っているわけではない。芙美代も、自分のことをメス奴隷と称している。

第一、付き合っているのなら、恋人の貞操を先輩に対する賄賂として差し出すような真似はしないだろう。

咳き込みながら必死に言い訳する和馬の顔を、腕組みをした早苗はしげしげと見る。

「ふ〜ん。まぁ、不純異性交遊をとやかく言う時代じゃないからね。とがめだてはしないけど、ああいう真面目な女って、意外と突っ走るからね。男のあんたが避妊とかしっかりしないとダメよ」

無茶なことをおっしゃる。あの女が、俺なんかの制御を受け付けるかよ。と文句の一つも言いたくなる。

気を取り直した和馬は右腕を伸ばすと、早苗の顔の横の壁に突き立てた。

「先生、勘違いしないでくださいよ」

いわゆる壁ドンといわれる体勢で、精いっぱいキメ顔を作って近づける。

以前の和馬には、こんな大胆な真似はできなかった。しかし、連日の3Pによって女性に対する耐性ができてきたようだ。

(橋本先生ってふだん色気なくふるまうから気づかないやつが多いけど、やっぱ美人だよな)

近くで見るとうっすらと化粧をしていることがわかる。こういうところも女子高生とは違う。

「俺、年上が好みなんです。橋本先生にいろいろ教えてもらいたいなぁ」

「……」

早苗は驚いたように目を見開いたあと、頬を染めた。

(あ、これ、もしかしていけるかも)

調子に乗った和馬は、そのまま唇を近づけた。そして、薄い口紅の塗られた唇に、唇を重ねようとした。

バチン!

額を中指で弾かれた。

「いてー」

悶絶して蹲《うずくま》る和馬を、早苗は腕組みして見下ろす。

「ガキが生意気言っているんじゃない」

「いや、俺は本当に先生が好みで」

「そういうこと言っていいのか？」

意味ありげな表情した早苗が、顎で教室の入り口を指し示した。

つられて視線を向けると、大きな眼鏡をかけ、黒髪をセミロングにした、巨乳な女学生が静かに控えていた。

（げっ、菊池）

和馬は思わず震えた。

もともと芙美代に対して苦手意識があったのだが、肉体関係を持ったことにより、より苦手意識が深まった気がする。

なにを考えているのか、本当にわからないのだ。

それでいて、他の女性を口説いているさまを見られると、浮気がばれたような罪悪感を覚える。

「それじゃ、せいぜい彼女にお仕置きされるんだな」

肩を竦めた早苗は部屋を出ていった。

あとには和馬と芙美代が残る。

「……」

なんとも気まずい空気が流れた。ややあって沈黙に耐えらなかった和馬が口を開く。

「なんだよ？」

「橋本先生を口説いていたの？」

「ちげーよ。見ていたのならわかるだろ。おまえとの仲を疑われたから、誤魔化していたんだよ。連日、おまえらに搾り取られて、鼻血もでねぇよ」

無表情に間合いを詰めた芙美代は、和馬の曲がっていたネクタイを整える。

「別に言い訳する必要はないわ。わたしなんて畠山くんの単なるメス奴隷。おち×ちんぶち込まれるだけの肉便器なんだから」

「おまえな、その言い方はどうかと思うぜ」

居心地の悪さを感じた和馬は、頭を掻きながら口を開く。

「おまえの考えるメス奴隷って、例えばこれからパンツを穿くなと命じたら、穿かないのか」

すると芙美代の顔がぱっと華やいだ。

「ノーパン命令。そう、そういう指示を待っていたのよ」

「はぁ？」

「わかったわ。わたし、二度とパンツは穿かない」

芙美代が嬉々としてスカートの中に両手を入れて、白地にピンクのリボンのついたパンティを膝下まで引き下ろしたものだから、和馬は慌てる。

「いやいやいや、パンツは穿いとけ。風邪ひくぞ」

「……」

「そう恨みがましい顔をするな」

芙美代がパンティを穿きなおしたので、和馬は安堵のため息をつく。それから改めて、自称どマゾ。しかし、その圧迫感はどエスにしか見えない女を眺める。

(こいつがやりたいのなら、ノーパンでもいいんだが……もしなにかの拍子にスカート捲れたら大事だからな)

見るからに優等生の女がノーパンだったなどと発覚したら、大惨事な気がする。

また、和馬は無意識、あるいは身勝手なことに、芙美代の陰部が自分以外の者の目にさらされることが嫌だと感じてしまっていた。

芙美代の機嫌を取るために、和馬はその耳元で囁く。

「今度、剃毛ならしてやる」

「剃毛……」

「そのうち、おまえのジャングル、一本残らず刈り取ってやるよ。それで満足しろ」

芙美代はブルリと震えると、自らの股間をスカートの上から押さえた。

「わかったわ。楽しみにしている」

頬を染めた芙美代は恍惚と頷く。

その幸せそうな表情に魅せられた和馬は呆れる。

(こいつ、ほんと見た目に反してなんて残念な女なんだ)

和馬が放送室を出ようとすると、ワイシャツの裾を摘まれた。

「どこにいくの？」

「いや、放送の録画は終わったし、帰ろうかと思って」

芙美代はわざとらしくため息をついた。

「なにをいっているの？　政見放送はいわば空中戦よ。ここからが本番でしょ。選挙の基本はどぶ板よ」

「俺に辻演説をしろというのか？」

和馬は心底から勘弁してくれ、といいたかった。

「それもいいけど、まずは組織票を固めにいきましょう」

「組織票？」

「部活まわりよ。今日の体育館は女子バスケット部が使用しているわ。ここは畠山くんの票田でしょ」

たしかに和馬は、男子バスケット部に所属している。自然と女子バスケット部の連中にも知己《ちき》は多い。

「一言声をかけるだけで違うものよ。それが終わったら生徒会室にきて」

「あーいはいはい。おまえは来ないのかよ」

生徒会長選挙が始まってからというもの。まるでマネージャーのようについてまわる芙美代が来ないというのは珍しい。

「わたしは五十嵐先輩に呼ばれているの。逃げないでね。ご主人様の理想のために、わたしたちは頑張っているのだから」

「別に頼んじゃいないんだけどな」

当選したいなどと露《つゆ》ほども思わないが、大敗して物笑いになるのも遠慮したい和馬は、しぶしぶながら一人で体育館に向かった。

「そーれ、そーれ、声を出して、ディフェンス、走って。リバウンド。速攻！」

体育館では、ちょうど女子バスケット部が練習をしていた。

十人ほどの女子が、紺色のランニングシャツと短パンという、バスケットのユニホームでワンツーマンディフェンスの練習試合をしていたようだ。

「女子の運動部は華やかだね」

和馬は目の保養と頷く。

二見高校の女子バスケは、決して強豪とはいえない。部員もギリギリだ。

そんな中で、抜群にいい動きをしているのが、女子バスケット部の期待の新人である北川飛鳥だ。

小柄ながら、俊敏な動きは、理想的なポイントガードといっていい。

「……」

ぼ〜と見学していると、飛鳥に見つかった。

「あ、畠山先輩、なにか御用ですか?」

軽快に駆け寄ってきた飛鳥は、さらさらのおかっぱに、キラキラとした瞳。無駄な脂肪のない体形は、まるでお人形のようである。

噴き出ている汗は、レモン水のようだ。

(くぅ〜、かわいいな)

その爽やかな容姿に、和馬は内心でガッツポーズをする。

「いや、相変わらず飛鳥はいい動きをしているな、と思ってね」

「ありがとうございます。先輩に褒めてもらえて嬉しいです」

その素直な応答に、和馬は目頭が熱くなる思いだ。

(純真な女の子って癒されるなぁ。最近、かわいげのない女たちに振りまわされてばっかりだったからな)

芙美代と玲子が聞いたら、尻を蹴飛ばすだろう感想を持ちながら、後輩との会話を楽しんでいると、女子バスケ部のキャプテンから非難の声があがった。

「お〜い、畠山。なにうちの新人を口説いているんだ?」

和馬は慌てて誤解を訂正する。

「あ、いや、そういうわけじゃなくて。今度、俺、生徒会長戦に立候補することになったんだ」

「らしいね。菊池さんに担がれたんだって」

「まぁ、そんなわけで同じバスケットマンということで、一つよろしく頼む」

和馬は大きく頭を下げる。

「まぁ、取り立てて反対する理由もないからね」

キャプテンの答えに、他の部員たちも口々に追従する。

「は〜い、わたしも畠山先輩に投票しま〜す」

「任せておいてください」

芙美代の予想どおり、女子バスケは和馬の票田だった。ここで支持を得られないようでは、選挙に勝てるはずがない。

「ありがとう」

和馬が精いっぱい爽やかに応じた。

「それじゃ、練習の邪魔をして悪かったな。頑張れよ」

「は〜い」

体育館の練習場から廊下に出た和馬を、飛鳥が独り追いかけてきた。

「先輩、ちょっといいですか？」

「なんだい？」

「ここではちょっと」

モジモジした飛鳥の態度に不信感を持ちながらも、和馬は場所を変えることにした。

手近で人目のないところということで、とりあえず体育倉庫に入る。

六畳ほどの狭い室内に、バスケットボールが大量に入った鉄籠や、跳び箱、マットなどが所狭しと置かれていた。

「ここならいいかな？」

「はい。それじゃ」

背伸びをした飛鳥が右手で口元を覆いながら耳打ちをしてこようとしたので、和馬は身を傾ける。

「ぼく、見ちゃったんです」

「なにをだい？」

顔を赤くした飛鳥は言いづらそうに答える。

「畠山先輩が、生徒会長と菊池先輩を並べて……その、すっごくエッチなことをしていたの」

「うわ」

思わず悲鳴をあげた和馬は、飛鳥の口元を手で塞いであたりを窺う。

「うー」

呼吸を塞がれた飛鳥は、顔を真っ赤にして和馬の腕をタップする。

「あ、悪い」

慌てて和馬は手を離す。命拾いをした飛鳥は、軽く深呼吸をして改めて口を開く。

「えーと、あんまりこういうことは言いたくないんですけど、次期生徒会長ともあろう方が二股だなんて、スキャンダルですよね」

「あ、ああ……」

和馬は絶句すると同時に安堵もした、これで生徒会長戦は終わったのだ。

しかし、飛鳥は予想外の言葉を続ける。

「安心してださい。だれにも言うつもりはありませんから。ただ……」

「ただ？」

なにか要求がくるのだろうか。

飛鳥のような少女が望む交換条件が想像できず、和馬は困惑する。

その視線の先で、一年生の少女はユニホームの上着の裾を摘まんでモジモジする。

「あの……畠山先輩と菊池先輩はお似合いだから、ぼく諦めようと思っていたんですけど、五十嵐生徒会長とまでやっちゃっているということは、ぼくにも望みがあるんじゃないかな、って思って」

「はぁ？」

意味がわからず瞬きをする和馬に、飛鳥は勢いよく頭を下げた。

「お願いします。ぼくともエッチしてください」

「え、ええ～っと、どういう意味かな？」

動揺する和馬に、飛鳥は上目使いで詰め寄る。

「ぼく、前から畠山先輩に憧れていたんです。畠山先輩に大人にしてもらいたいなって……」

「大人？」

困惑する和馬に、飛鳥はウルウルした瞳で見つめてくる。

「先輩が見境なしに女の人をコマしているなら、ぼくの処女も奪ってくれていいでしょ」

「いや、そんな俺が色情狂みたいに」

たしかに芙美代と玲子の二人とやりまくっているのは否定できない。しかし、それはやむをえない事情があったのであって、和馬から積極的に口説いたわけではない。

あたふたしている和馬の前で、飛鳥は右手で、ユニホームのシャツの裾をたくし上げた。

「先輩たちみたいに美人じゃないし、おっぱい大きくないですけど」

黄色いスポーツブラに包まれた胸元があらわになる。さらにそのカップを指に摘まんで引き上げた。

「うわ」

たしかに大きいとは言えない乳房だ。いや、小さいといっていいだろう。しかし、乳房の魅力は大小にかかわりない。頂《いただき》を飾る綺麗なピンクの乳首も小さいが、眩しいほどに美しかった。

その微乳の魅力に、和馬は目を奪われてしまう
「こんなおっぱいじゃ興味が湧きませんか？」

ゴクリ……。

和馬は生唾を飲み込んでしまう。

女教師である早苗に向かって、年上が好みだといった舌の根の乾かぬうちに、年下の美少女に魅了されてしまった。

「いや、しかし、初めては大事にとっておいたほうが……」

「ぼく、早く大人になりたいです。先輩みたいにかっこよくて、経験豊富な方に処女を卒業させてもらうのが夢でした」

飛鳥はさらにユニホームの短パンの腹部のゴムに、左手の親指をかけて引き下ろした。黄色いフリル付きのパンティがあらわになる。

「お、おい」

動揺する和馬を楽しむように、黄色いパンティを半分下ろした。薄い陰毛が覗く。

「もし、先輩が二股をかけているなんてバレたら、選挙に負けちゃいますよ。素直に

ぼくの処女を奪って、メス奴隷にしちゃったほうがいいと思うな」

「メス奴隷って……」

「ぼく、畠山先輩のビッグマグナムでやられたら、菊池先輩や五十嵐生徒会長みたいに堕ちちゃうと思うんです」

そういって、飛鳥はチロッと悪戯っぽく舌を出した。

その表情に和馬は戦慄《せんりつ》する。

(こ、小悪魔……)

和馬が勝手に清純派だと思い込んでいた少女の正体が、芙美代や玲子と同類であることを悟ってしまった。

「い、いいのか?」

「はい。ぼく、先輩に初めてをもらってほしいんです」

飛鳥は細い両手を伸ばして、和馬の首に抱き着いてきた。

至近距離で目を閉じる。

キスをしてくれというジェスチャーであろう。和馬は股間にクリティカルヒットを受けた気がした。

(くぅ〜、小悪魔でもかわいいな)

柑橘系の香り漂う少女の唇に魅せられた和馬は、欲望に負けた。飛鳥の背中を抱いて唇を重ねてしまう。

自分からアピールしてきたのに、飛鳥は身を固くして動かなかった。

(精いっぱい背伸びをしていた、ということかな?)

小悪魔然と誘惑してきたとはいえ、根はスポコンの純真無垢な少女なのだ。

嬉しくなった和馬は、唇を開くと舌をだし、少女の薄い唇を舐めまわした。そして、口唇の狭間に押し入る。

「ん!?」

飛鳥は驚いたようだが、素直に唇を開いた。

そこで和馬は小さな前歯を舐めまわし、さらに奥に入る。

身長差があるためのけぞるように仰向けになった飛鳥の口腔を舐めまわし、さらに上顎の縫い目をなぞってやった。

「うぐっ」

飛鳥は驚いたようにビクンと震えた。

それなりに経験を積んだ和馬は、この上顎の縫い目が女の性感帯の一つだということを知っていた。しかし、飛鳥は未知の体験で驚いたのだろう。目を白黒させた。

（ほんとかわいいな）

年上の男として、いろいろとイケないことを教えてやりたくなってしまう。

和馬はさらに丸まっていた舌を絡め取る。

「う、うん、うむ……」

舌を絡ませながら和馬は、両手で飛鳥の引き締まった小尻を抱いて引き寄せる。いきり勃つ逸物が、ズボン越しに飛鳥の腹部に押し当てられた。

長時間にわたって舌を凌辱された少女は、鼻で必死に呼吸しながら恍惚となってしまう。

ようやく舌を解放してやると、飛鳥はぐったりと脱力してしまっていた。

和馬は、飛鳥の小さい顎を摘まんで顔を上げさせる。

「あん、先輩……」

「おち×ちん、触ってみるかい？」

これは質問のかたちを取った和馬の欲望だ。男根はズボンを突き破りそうなほどにテントを張っていて、苦しい。

「……はい」

接吻しながら腹部に押し付けられていた男性器の存在を、十分に意識していたのだろう。飛鳥は恥ずかしそうにはにかみながら頷いた。

そこで和馬はズボンの中からいきり勃つ逸物を引っ張り出す。

跳ねるように外界に飛び出した男根を見下ろして、飛鳥は目を瞬かせる。

「これが先輩のおち×ちん!?」

「ああ、触ってごらん」

和馬は飛鳥の右手を取ると、無理やり男根を握らせた。

「ああ、熱いです。それにとっても大きくて、硬くて、太くて……すごい」

飛鳥は本当に驚いた顔をしている。

(ああ、この反応、新鮮でいいなぁ。最近、ど淫乱ばかり相手にしていたからなぁ)

芙美代と玲子は、互いに淫乱であることを競っているところがある。それに比べると、飛鳥の態度は泣きたくなるほどに初々《ういうい》しい。

(女はやっぱり年下にかぎるのかもしれん。穢れを知らない女の子を自分色に染めるって最高だよな)

年上の男として悪い誘惑に負けた和馬は、目を見開いている飛鳥の耳元で囁く。

「そこを扱いてごらん」

「はい。こ、こんな感じでいいですか？」

戸惑った様子ながらも飛鳥は、言われたとおりに肉棒をシコシコと扱いてきた。

その手つきが、なんとも初々しい。

(くー、女はやっぱ、淫乱より清純派だ。かわいすぎる)

感動した和馬は、飛鳥の艶やかな頭髪を撫でてやる。

「気持ちいいよ、飛鳥」

「よ、よかったです」

握りしめた逸物をシコシコと扱きながら、飛鳥は嬉しそうに頷く。

飛鳥が先にたくし上げたユニホームの上着と、ずらしたカップの狭間から小さな丘が露出している。その小さな丘の頂を飾る花の蕾がいまにも咲きほころんばかりに膨らんでいることを見て取った和馬は、そっと指で触れる。

「あ、あん」

勃起してしまっていた乳首を弄《いじ》られた飛鳥は恥ずかしそうに腰をクネクネとくねらせ、両の内腿をこすり合わせた。

(どうやら、飛鳥のやつ、濡れだしたな)

それと察した和馬は、右手を半ば脱げていた黄色のパンティの中に入れてやった。

「あっ」

飛鳥は驚き大きな目を剝いたが、逃げようとはしない。

中には濡れた毛があり、さらに奥に入れて、肉裂を探り当てた。そして、その入り口を人差し指と中指と薬指の三指で塞いで、前後にこすってやる。

クチュクチュクチュクチュ……。

爽やかな美少女の股間から、卑猥な粘着質な水音が奏《かな》でられる。

「ああ、そこ弄られたら、ぼく、もう……」

飛鳥の腰が砕けそうになったのを見て取った和馬は、その手から逸物を抜き取ると跳び箱の上に仰向けに寝かせる。

もともと小さかった乳房がほとんどなくなってしまったが、和馬が左手で触れるとうっすらと弾力を感じた。

その発育途上の乳房の先端にある乳首を、口に含んだ和馬は、鼠径《そけい》部を握っていた三指をさらに激しく前後にこすった。

「あん、先輩、これ、気持ちいい、気持ちいい、気持ちいいです。ああ、ああ……」

左の乳首を吸われ、右の乳房を揉まれ、股間をこすられるという三点責めに、爽やかな乙女は跳び箱の上で蟹股開きになってのけぞってしまった。

手のひらにコリッとしたシコリを感じた和馬は、それをきゅっと摘まんでやる。

「ひぃぃぃぃ」

ビクビクビクビク。

小さな陰核を捉えられた飛鳥は、唇を剝いて健康的な白い歯を覗かせつつ、四肢を激しく痙攣させた。

ユニホームのズボンから手を抜いた和馬は、優しくいたわる。

「飛鳥、イッたみたいだね」

「はぁ、はぁ、はぁ……は、はい。先輩、やっぱりすっごく上手ですね」

「そんなことないさ。飛鳥の体が敏感なだけだよ。ほら？」

飛鳥の鼻先に右手の指を翳《かざ》してやる。

指の間に幾本もの糸を引いていた。

「は、恥ずかしい」

「はは、濡れやすいのはいい女の証だよ」

羞恥に頰を染める表情がかわいくて、和馬としては大いに悪戯してやりたい気分になる。

「さぁ、今度はそこの跳び箱に両手をついて、お尻を突き出してごらん」

「こ、こうですか？」

跳び箱から降りた飛鳥は、両手をつけて小尻を和馬に差し出す。

すでに半脱ぎになっていたバスケのユニホームである短パンと黄色のパンティを手に取った和馬は、脹脛《ふくらはぎ》まで下ろした。

薄い陰毛に彩られた鼠径部とパンツの密着部分の間にツーと光る糸を引き、プツンと切れる。

そして、あらわになったすっきり引き締まった小尻は、まるで鏡餅のようにツルンと光り輝いていた。

（おお、美味そうだ）

まるで新鮮なフルーツを目の当《ま》たりにしたように気分だ。

感動している和馬に、飛鳥は右手をお尻にまわすと、自ら陰唇をくぱぁと開いた。

溢れ出た愛液で細い内腿が濡れる。

「先輩。お願いします」

それは爽やかなスポーツ少女にふさわしい、まるで飴細工に水をかけたような美しい女性器であった。

天使の秘密を目の当たりにした和馬は、理性を失って逸物をぶち込もうとしたが、寸前のところで思いとどまる。

「まだダメだ。飛鳥は初めてなんだからもっと徹底的にほぐさないとね」

「は、はい……先輩にお任せします」

「ああ、俺に任せておけ」

先輩ぶって力強く応じた和馬は、飛鳥の引き締まった小尻を前に跪くと、震える両手を伸ばして、尻肉を左右に開いた。するときゅっと引き締まった肛門が露呈する。

(ああ、こんな純真な天使のような少女にお尻の穴が)

鼠径部を彩る陰毛は、綿毛のように薄く煙っていた。その奥には濡れた肉裂がある。

(ここは先輩としての余裕を見せないとな)

和馬はプリンとした尻肉に頰をつける。ひんやりと冷たかった。その弾力を両頰で堪能しながら、谷間に顔を入れる。

そして、菊門に向かって舌を伸ばした。

「あ、そこは……き、汚い」

「大丈夫、飛鳥の体はどこも綺麗だよ」

おためごかしを言いながら和馬は、かわいい後輩の肛門をじっくりと舐めほじった。

「は、恥ずかしい」

処女を捧げたいと夢見ていた先輩に不浄の場所をじっくりと舐められた新入生は、

跳び箱に両手をついて遠い目をして呆けた。

やがて満足した和馬は、肛門から女性器に至る会陰部をゆっくりと舐めおりて、肉裂に口づけをした。

ズルズルズル……。

「はぁぁぁぁん」

愛液を啜り飲まれる音に、飛鳥は身悶える。

(ああ、これが飛鳥の愛液の味か)

芙美代や玲子とそう変わるものではないのに、まるでレモン水のように感じた。爽やかでいくらでも飲める気がする。

たまっていた愛液をすべて飲んだ和馬は、いったん口を離すと、両手の指で肉裂を開いた。

小さな包茎クリトリスがプルプルと震えており、小さな膣穴がヒクヒクと痙攣している。

その小さな膣穴の四方に、左右の人差し指と中指を添えて押し広げた。

「はぅ」

処女検査をされていると察したのだろう。飛鳥は顎を上げてのけぞる。

(ああ、あった。飛鳥の処女膜。天使の処女膜だ)

肉穴の入り口を塞ぐ半透明の白い膜。それを目の当たりにして感動した和馬は、舌を伸ばす。そして、膣穴に入れた。

ちゃぽり。

「ああん」

処女膜を舐められてしまった乙女は、甘い悲鳴をあげる。

(ああ、飛鳥の処女膜は俺が破ってやる。でも、痛くしたらかわいそうだからな。できるだけほぐしておいてやらないと……)

和馬は小さな肉穴を拡張しようと、舌を大きく回転させた。

「はわ、はわわわわ……」

奥歯が合わさらなくなったかのような気の抜けた悲鳴をあげている飛鳥の細い両足は、まるで生まれての仔鹿のようにプルプルと震えていた。

「ああ、もう、もう、だめぇぇぇぇ」

喜悦の声をあげた飛鳥は、小さな尻を突き出したまま上体を大きくのけぞらせた。

膣穴の入り口もキュンキュンと締まって舌先を圧迫してくる。

そして、飛鳥の上体ががっくりと跳び箱の上に投げ出された。

飛鳥が絶頂したことを察して、和馬はクンニをやめて立ち上がる。

「はぁ……はぁ……はぁ……」

跳び箱の上で脱力した少女は、荒い呼吸をしながら白い真珠のような尻をヒクヒクと痙攣させている。

(これはもう、入れるしかないな)

小さな尻を両手で挟んだ和馬は、いきり勃つ逸物を構えた。切っ先が舐めほぐされた膣穴に添えられる。

「それじゃ、入れるよ」

「はい。よろしくお願いします」

返事を聞いてから和馬はゆっくりと男根を押し進めた。

亀頭部に処女膜の抵抗がしっかりと伝わってくる。

ズブン……。ズブズブズブ……。

「あ、ああ……」

処女膜をきっちりぶち抜いた感触に続いて、逸物は根本まで入った。

両手を跳び箱に乗せた飛鳥は大きく口を開けて、背筋を限界までのけぞらせる。

(くっ、いい、この締まり、爽やかなレモンって感じがする)

芙美代の膣洞はねっとりと絡みつく。玲子の膣洞は数の子天井で絞り上げる。それに対して飛鳥は、膣洞まで爽やかフレッシュに感じられた。

その心地よい締め付けに、和馬は酔いしれている。

やがて飛鳥のキツキツであった膣圧が緩んだところで、いたわるように声をかけた。

「飛鳥、大丈夫かい？」

「は、はい。少し痛いけど、これくらいならなんとか……」

「そうか。これで飛鳥の念願だった処女は卒業だな」

破瓜中の女性を満足させることはできない。痛いだけだからだ。

芙美代や玲子のときには余裕がなかったが、三人目、それも年下の少女相手ということで和馬も相手を気遣う余裕ができた。

「あ、ダメですよ。最後までやってくれないと」

「いや、しかし」

なおためらう和馬に、破瓜中の乙女は必死に言い募る。

「中に出してもらえないと画竜点睛《がりようてんせい》を欠くというか、先輩の女になったという実感が得られないと思うんです。大丈夫、ぼくだってもう高校生なんですから避妊の方法ぐらい知っていますよ。だから、もっとガンガン動いて、ぼくの中で気持ちよく出しちゃってください」

「そ、そうか？　それじゃ、遠慮なく。でも、我慢できなくなったら言うんだよ」

「は、はい」

飛鳥の意思を優先して、というよりも和馬自身が我慢できずに、その小尻を両手で摑んで腰を動かし始める。

「あっ、あっ、せ、先輩の大きなおち×ちんで、ズコズコされるの、き、気持ちいい、あっ、あっ、あっ」

跳び箱にしがみついている飛鳥は、破瓜の痛みに耐えているふうなのに、必死に気持ちいいと言い聞かせているかのようだ。

（くぅ～、飛鳥ってば、ほんと健気でかわいいな。お尻の穴までヒクヒクさせちゃってもう）

自然と腰の動きを早くしながら、和馬は気遣う。

「飛鳥、大丈夫かい？　我慢できなくなったらいつでも言うんだよ」

「だ、大丈夫です。そ、そんなことより先輩。ぼくのオマ×コって気持ちいいですか？」

必死に首を後ろにまわしながら飛鳥は質問してきた。

「ああ、とっても、気持ちいいよ」

「あ、ありがとうございます。気に入ったのならこれからもガンガン使ってください。ぼくのオマ×コ、先輩専用ですから」

「はは、ありがとう」

純真な後輩を騙しているような背徳感を味わいながらも、ここまで一途《いちず》に慕われると悪い気はしない。

（絶頂までは無理でも、できるだけ気持ちよくしてあげたい）

そういう使命感に捕らわれた和馬は、両手を飛鳥の両腋の下から入れて小さな乳房を手に包む。そして、乳首を摘まんだ。

「はう、おち×ちん入れられた状態で、おっぱいに触られるとすっごく気持ちいい。はぅ、やっぱり先輩、すっごく上手です」

「あはは、そうか」

そんな大したことはやっていないのだが、喜んでもらえるのは嬉しい。

摘まんだ乳首を扱きながら、和馬は腰を前後させた。

（くぅ、破瓜中のオマ×コはやっぱり締まるな。いや、飛鳥のオマ×コがよく締まるのか）

膣圧もつまるところ筋肉ということだろう。さすがは女子バスケット部の期待の新人である。

「飛鳥、そろそろ出すよ」

「は、はい。中で、中でお願いします。はぅ、おち×ちん、ぼくのお腹のなかでビクンビクンしている」

「くっ」

和馬は逸物を押し込んだ状態で射精した。

ドプン！ドプン！ドプン！

「ああ、すごい、入って、入ってきます。先輩の熱いザーメンが、ああ、気持ちいいです～～～」

絶頂というよりも、膣内射精される女としての本能的な気持ちよさなのだろう。

男の欲望を注ぎ込まれながら、飛鳥は細い両足を蟹股開きにしてプルプルと震えさせた。

「ふぅ」

かわいい後輩の体内に思いっきり射精した和馬は、満足のため息をついてから小さくなった逸物を引き抜く。

（ああ、気持ちよかった。やっぱり女の子は純情なのが一番だ）

見下ろせば爽やかフレッシュな女の子は、跳び箱にしがみついたまま呆けていた。パンと張りつめた小尻がヒクヒクと痙攣したかと思うと、膣穴から濃厚な白濁液がドビュッと溢れ出した。

（くぅー、飛鳥みたいないい子がこんなに……）

穢れを知らない美少女を汚してしまった。自分がやった光景とはいえ、軽くショックを受けた和馬は、ポケットティッシュを取り出すと、飛鳥の股間を拭ってやる。

白いティッシュに赤い血が滲む。

「ありがとうございます。これでぼくも、先輩の女ですね」

「あ、ああ……」

飛鳥の股間を清掃しおえた和馬が、ついでに自らの逸物を拭おうとすると飛鳥が止めた。

「あ、先輩のおち×ちんは、ぼくが綺麗にします」

和馬の前に跪いた飛鳥は、精液と愛液と破瓜の血に穢れた逸物をためらいなく口を含んだ。

いわゆる、お掃除フェラをしてくれているのだ。

その光景に和馬は驚く。

「汚いだろ。無理をする必要はないよ」

「先輩のおち×ちんですよ。汚くありません」

思い入れの問題なのだろう。小顔の少女は一生懸命に逸物を舐め清めた。

その結果、逸物は再び隆起してしまう。

「あはっ、また大きくなってしまいましたね」

「ああ」

「ぼくなら何発でもいいですよ」

小悪魔の提案に和馬が返事をするよりも先に、思わぬところから声がかかった。

驚いて視線を体育倉庫の入り口に向けると、そこには女子バスケット部の部員たちが扉の狭間から覗いていた。

「飛鳥だけ、ずる〜い」

「あ、バカ」

声を出した部員をたしなめてから、キャプテンが扉を開いて仁王立ちする。

「畠山〜。よくもうちの新人、コマしてくれたわね〜」

「いや、これは……」

和馬が言い訳をするより先に、女子バスケット部員がいっせいに和馬の周りに集まってきた。

「さすが話題のやりちん先輩ですね」

「やりちん先輩？」

「有名ですよ。五十嵐生徒会長と、あの菊池先輩をおち×ちんで堕としてしまったというのは」

それは誤解だ。と強く主張したかったが、男として自分の女たちを他人に悪く言うことは気が引ける。そのため反論を言うに言えない和馬は手で顔を覆った。

葛藤する和馬をよそに、女子たちはピーチクパーチクと華やかにさえずる。

「あの誇り高い方々が、畠山先輩のおち×ちんに完敗させられちゃったんですよね」

「お二人とも、最近はもうお肌がつやつやですもんね。女って男ができて性的に充実していると、あーなっちゃんうんですね～」

「その伝説のおち×ちん、わたしたちも味わいたいです」

そういって女子バスケット部員たちは、ユニホームの短パンを脱ぎだした。

いずれの股間もぐっちょりと濡れている。どうやらみな、和馬と飛鳥の情事を覗きながらオナニーしていたようである。

「いや、キャプテン。おまえからなんとか」

女子たちの勢いに辟易《へきえき》した和馬は、彼女たちのボスに助けを求めた。

「まぁ、たしかに新入部員が処女を卒業したのに、あたしらが処女だなんて恰好がつかないからね」

なんとキャプテンもまた、勢いよく短パンを下ろした。

「畠山、あたしも頼む！」

「おい」

呆れる和馬に、陰毛をさらしたキャプテンが詰め寄る。

「生徒会長戦に応援してやる交換条件として、一発ぐらいやってくれてもいいじゃないか」

「さすがキャプテン。話がわかる」

女子部員たちはキャッキャッと歓声をあげている。

「畠山先輩。おち×ちんを食べさせてもらったら、わたしなんでもします」

「やりちんなんだし、いいでしょ」

「部活の中で一人だけ処女を卒業した子がいるなんて、空気が悪くなりますよ。一人を破ったのなら、全員お願いします」

姦《かしま》しい少女たちに四方から言い寄られて、和馬は軽く頭痛を感じながら応じた。

「わかった。キミたちがそれでいいなら、喜んでやらせてもらうよ」

「よろしくお願いしま〜す」

体育会系らしく女子バスケット部員はみないっせいに頭を下げた。

そして、全員が下半身裸となりバスケットコートの中で四つん這いになって待機する。

飛鳥を除いた九人の少女の尻を抱いた和馬は、一人ずつ満足させていった。

「な、なんとか終わった」

和馬があたりを見渡すと、体育館のバスケットコート内には、裸の女子バスケット部員が全員蟹股で呆けていた。

みな処女を割られた直後の衝撃から、動けないのだろう。

いずれの股間からも、赤い血の混じった白濁液が溢れている。膣内射精しない女の子がいたらかわいそうだと思って、きっちり全員の中で出したのだ。

(しかし、さすがに十人連続の処女割りは、おち×ちんに対するダメージが大きすぎるな)

どんな女性の膣洞でも、男根を挿入すれば気持ちいいものである。まして、若く健康な女子高生の膣洞が気持ちよくないはずがない。そのうえ、破瓜のときには特別にきつく締まるものである。

そんなキッキッザラザラオマ×コの十連発だ。逸物の表面にヤスリをかけられたかのようにヒリヒリする。

「っ⁉」

ふいに妖気のようなものを感じて、和馬は振り返った。

体育館の入り口に、眼鏡をかけた黒い長髪の女が両腕で乳房を抱え上げるようにして静かにたたずんでいた。

「菊池っ⁉」

浮気を見られたかのような後ろめたさを感じて、和馬は震え上がる。

「なかなか来ないと思ったら、こんなことになっていたのね」

「いや、これはだな」

和馬の言い訳を遮るように、芙美代は口を開いた。

「いい作戦だと思うわ」

「はぁ？」

「女はおち×ちんに逆らえないから。セックスしてしまうのが、もっとも確実な票獲

おちんちんで処女を割ってもらえると」


困惑する和馬をよそに、芙美代は眼鏡の弦《つる》を持ち上げる。

「噂を流しましょう。畠山くんの支持を表明したら、畠山くんのおち×ちんで処女を割ってもらえると」

そこに飛鳥が声をあげる。

「あ、ぼくも協力するよ。畠山先輩とエッチしたい子、いっぱいいると思う」

それに女子バスケ部の面々が次々に賛同する。


女子バスケット部員全員の処女を割った翌日の放課後。その日も和馬は、選挙活動のために体育館に向かった。本日は女子バレー部の練習日である。

「畠山、聞いたぞ。おまえを応援するって約束すれば、おまえにエッチしてもらえるって」

「はは、そんなバカな噂が流れているみたいだね」

女子バレー部キャプテンの声を、和馬は笑って受け流そうとした。

「女子バスケの連中とやったみたいじゃないか。あたしらとはやらないというのかい？」

「いっ」

芙美代の策略が成功するなどと思っておらず、和馬は絶句する。

「あたしらだって、セックスを楽しみたい」

「そうそう、やっぱ高校時代に処女は卒業しておきたいよね」

「それにどうせ捨てるなら、畠山くんみたいに格好よくて経験豊富な男が一番」

女子バレー部の部員たちは、みないっせいに赤いブルマを脱いで尻を突き出した。

「はは……みなさんがお望みなら、やらせていただきましょう」

女の子たちのお尻に絶句した和馬であったが、覚悟を決めて女子バレー部全員の処女をいただいた。

翌日は女子テニス部、翌々日は女子剣道部、さらにそのあとは……。

選挙活動の一週間。和馬はひたすら恋人のいない歴=年齢の女子たちとエッチすることになった。

第五章　狙われた女教師

「ありがとうございました！」

その日の放課後は、漫画研究会に投票をお願いにいった。

生徒会長選挙に立候補した畠山和馬の選挙運動は、女の子たちの性欲を満たしてやること、と学校中の女子の間で知れ渡ってしまっているらしい。

女子高生の大半は処女だ。異性に対する好奇心がいっぱいで、遊び感覚で股を開いてくる。

このときも同研究会に所属する女子五人の処女を美味しくいただいた。

「君たちが喜んでくれたのなら、よかった。その……うまくできなくてごめんね」

部室の出入口まで見送りに来てくれた五人は、元気な声とは裏腹に、みな照れくさそうに頬を染め、へっぴり腰で、スカートの上から股間のあたりを押さえている。

おそらくまだ破瓜の痛みが残っているのだろう。

「いえ、畠山先輩、噂どおりとっても上手でした。一生の思い出です」

「絶対に先輩に投票しますから、生徒会長になったらまた遊びにいらしてください
ね」

「次回は、わたしたちももっとうまくできると思いますから」

いまは破瓜の痛みに苦しんでいる少女たちだが、二回目からは思いっきり楽しめるという知識があるのだろう。期待に目が潤んでいる。

「はは、ぜひお礼にこさせてもらうよ。でも、今日は痛むと思うから、無理をせず、気をつけて帰れよ」

「はい。菊池先輩にもよろしくお伝えください」

漫画研究会をあとにした和馬は軽くため息をつく。

(これじゃ、俺は学校中の女たちの肉バイブだな。まったくち×ぽが乾く暇もない)

女の子たちの奔放さに呆れるばかりだが、相手をしていて楽しんでいないとはいえばウソになるだろう。

(それもこれもぜんぶ、菊池のせいだ。あの魔女の口車に乗らなければ、彼女たちだってもっと清純派だっただろうに)

廊下を歩いていた和馬は、不意に背後から声をかけられた。

「漫研でなにをしていたの？」

「え、橋本先生」

驚いて振り向けば、甘栗色の短髪に、薄いピンク色のブラウス、厚手の茶色のミニスカート、ブラウンのパンスト。足元は、クリーム色のパンプスの大人の女が立っていた。

クラス担任の橋本早苗だ。

「あの子たちの様子もなんかいつもと違ったわよね。妙に艶っぽいというか」

「いっ⁉」

和馬は息を呑んだ。

別に恋愛は自由のはずである。だれとエッチしたからといって、教師にとがめだてされるようなことではないだろう。

とはいえ、最近の和馬のご乱行は決して褒められたことではない。その自覚は十分にある。

動揺しながらも、和馬はなんとか口を開く。

「なにって、投票をお願いするためにお邪魔しただけですよ」

早苗は至近距離から和馬の顔をじっと見上げる。

「畠山くん、最近、いろんな女の子たちにちやほやされているわよね」

「ま、まさか」

「なにかあやしいのよねぇ〜」

後ろ暗いところを隠している和馬は、全身から嫌な汗をかきながらのけぞる。

「なにも悪いことはしていませんよ」

「本当〜？」

顎に手を当てた早苗に、矯めつ眇めつに観察された和馬が途方にくれていると、思わぬ助け船が入った。

「橋本先生、畠山がなにか？」

にっこりと笑って廊下を歩み寄ってきたのは、菊池芙美代だ。

優等生の芙美代は、早苗としても苦手意識があるらしい。若干怯んだ表情になった。

しかし、すぐに悪戯っぽい表情を作って、フレンドリーに応じる。

「なーんか、最近の畠山くん、女の子にモテモテなのよ。菊池さんはどう思う？」

芙美代は悪びれずに応じる。

「畠山くんは恰好いいですから、女の子にモテるのは当然だと思いますよ」

「……」

驚きの表情を浮かべた早苗は、綺麗な笑顔を浮かべた芙美代の顔をまじまじと見る。

「前々から気になっていたんだけど、菊池さん、畠山くんと付き合っているの？」

「いっ!?」

和馬は動揺したが、芙美代はまったくテレることもなく、悠然と応じる。

「まさか、菊池くんはわたしなんかと釣り合いません。ただの幼馴染みです。畠山くんは橋本先生みたいな大人の女性が好みだといつも申しておりましたわ」

「あはは、モテる女はつらいわね。でも、安心して。わたし、ガキは好みじゃないの」

「あら、先生は十分にお若いですから、高校生と付き合っても違和感ありませんわ」

なんだろう。芙美代と早苗の会話には、目に見えない刃が隠されているように感じる。

居心地の悪さを感じる和馬をよそに、芙美代は教師との世間話を打ちきった。

「お話がそれだけでしたら、失礼してよろしいでしょうか？　そろそろ下校時間ですので」

「え、ええ、気を付けて帰りなさい」

悠揚迫らざる芙美代の雰囲気に気圧《けお》された早苗は頷く。芙美代は慇懃無礼《いんぎんぶれい》なほどに深々と一礼する。

「では、失礼します。畠山くん、帰りましょう」

「あ、ああ」

芙美代に促された和馬は、いったん教室に戻って支度を整えてから学校を出る。

和馬と芙美代は、家が近所なゆえに登校するときよく同じ電車を利用しているが、最近では、生徒会長選挙の立候補者と選挙対策委員長ということになってしまったので、帰宅時も同じ列車を利用することが多い。

駅までの道のり、学生カバンを両手で持った芙美代は、無言のまま和馬の半歩後ろを歩く。

電車に乗れば、離れて座ることも不自然なので、近くの座席に座る。

「……」

菊池はカバンからお洒落なブックカバーに包まれた文庫本を取り出して、読む。

電車で読書をすると目に疲れを感じる和馬は、することもないので傍らの女の横顔を眺める。

（こうやって見ると文学少女の優等生なんだけどな。中身はど変態。いまもこうして

澄ました顔で読んでいるのは、実はマドンナメイト文庫なんだよな）

だれが見ても優等生の少女が、電車の中で読んでいる本が官能小説だとだれが思うことだろうか。

遠巻きに眼福を得ている善良なサラリーマンのオジサンたちは、本の内容を知ったら泣くに違いない。

（オナニーを見られたから俺のメス奴隷になるといいだしたかと思ったら、メス奴隷になる以上、ご主人様には偉くあってもらいたいから生徒会長になってもらう。さらには票を獲得するために女たちをコマしまくれ、だもんな。はぁ〜、ほんとこいつだけはなにを考えているのかさっぱりわかんねぇ。感じるポイントはわかりやすいんだけどな）

芙美代の心はまったく読めない和馬であったが、連日セックスをしているのだ。その体の秘密はだいぶわかってきた。

いや、だれよりも把握しているつもりである。

とにかく数だけはこなしているため、どこをどう弄ったら悦ぶかは本人よりも精通しているつもりだ。

（澄ました顔しているけど、ほんと淫乱だからな。俺がやった女の中で、一番感じや

すいんじゃねぇか、こいつ）

次はどうやって犯してやろうなどと思案していた和馬であったが、なんとなく気になっていたことを質問した。

「なぁ、菊池？」

「なに？」

芙美代は文庫本から目を離さずに応じた。

「おまえさっき橋本先生に俺たちのこと幼馴染みっていっていたじゃん。俺たちっていつから幼馴染みになったんだ？」

「違うの？」

「俺とおまえは、単に小学校から同じってだけだろ」

幼馴染みの定義を知っているわけではないが、少なくとも漫画やテレビで見る幼馴染みという関係は、もっと和気藹々《わきあいあい》となんでも話し合い、気心の通じた関係だろう。

それに対して和馬は、芙美代がなにを考えているのかさっぱりわからない。

「幼馴染みってさ、子供のころから互いの家に遊びにいったりした思い出があるものじゃねぇの。俺はおまえの家の位置ぐらいは知っているが、中に入ったことはないしな。いっしょに遊びにいった経験もない。なんつーか、幼馴染みっぽいイベントを一つもしたことないだろ」

趣味も好みもまったく知らない。最近、なぜか毎日セックスをしているが、それと幼馴染みは関係ないと思う。

自分は牝奴隷になったのだからエッチしろ、と迫ってくる芙美代と学校で、授業の合間に、校舎の屋上やトイレ、放課後の教室で、または生徒会室で生徒会長の五十嵐玲子を交えての3Pなどをしているだけだ。

そのうえ、生徒会長選挙の票獲得のために、女子バスケット部の北川飛鳥など他の女たちともやりまくっているわけで、芙美代を特別な存在と感じなかった。

「そう……ごめんなさい。でも、あの場合、ああでもいわないと先生が納得しないと思って」

「まぁ、いいけど……」

素直に謝られて、和馬は少し戸惑う。

伏し目がちな芙美代の瞼が震えて、それが悲しそうな表情にみえた和馬は、ドキッとして言い知れぬ罪悪感を覚えた。

(な、なんだってんだ。絶対に幼馴染みじゃねぇし、まして恋人でもない。単なるセックスフレンドだろ。メス奴隷だって自分でいつも強調しているじゃないか)

和馬が独り煩悶《はんもん》としているうちに電車は、二人の最寄り駅に着く。

電車から降りて、駅から出ようとすると屋外は土砂降りだった。

空を見上げて呆然としている和馬の後ろから芙美代が声をかける。

「傘、ないの？」

「ああ、まぁ、走って帰ればいいだろ」

和馬が振り返ると、当たり前の顔をして折り畳み傘を取り出した芙美代がジト目を向けてくる。

「天気予報ぐらいみなさいよ。ほら、入って」

芙美代は赤い傘を広げて差し出してきた。

「いや」

気恥ずかしさから遠慮しようとする和馬に、芙美代は詰め寄る。

「生徒会長選挙のさなかに風邪をひかれたらかなわないわ」

「わ、わかったよ」

芙美代の悠揚迫らざる雰囲気に負けた和馬は、彼女とともに一つの傘に入って駅を出る。

「もっと近づきなさい。肩が濡れるわ」

「ああ」

和馬の右肩と芙美代の左肩が、雨露に濡れた。そこで和馬の左肩と芙美代の右肩をくっつける。

密着しすぎて歩きづらいので、和馬は左肩の芙美代の背後にずらし、さらにくびれた腰を抱いた。

「あ」

芙美代が驚きの声をあげたので、和馬は小首を傾げる。

「いまさら体に触れるなとか言わないだろ」

「そ、そうだけど、こんな人前で」

眼鏡の下で頬が紅潮している。

自分でどエムだと公言しているくせに、世間体は気にするらしい。

「なら離すよ」

「べ、別に、いいわ」

芙美代が諦めたようにため息をついたので、土砂降りの雨のなか、女物の傘に入って体を密着させた男女は、歩道を歩く。

和馬はなんとなく見下ろすと、歩を進めるたびに、白いセーラー服に包まれた大きな乳房が揺れていた。

（改めて見るとおっぱいでけぇ。こいつ尻もでかいんだよな。真面目な顔しているくせに、体はムチムチでエロ。こういうのをわがままボディって言うんだろうな）

和馬は腰にまわしていた右手を少し下ろして、紺色の襞スカートに包まれた尻肉を手に取った。

「……」

芙美代はなにも言わない。それをいいことに、和馬は手にしたデカ尻を撫でまわし、あまつさえフミフミと握った。

（ほんといい尻だな。おっぱいでかい女はたくさんいるけど、尻のよさという意味なら、こいつが一番かもな。大きさといい、弾力といい、触り心地といい、まさに絶品だ）

女尻の触り心地を楽しんでいるうちに、芙美代の家に到着した。

東京の郊外によくある二階建ての一戸建てである。おそらく芙美代の両親が買った建売住宅であろう。

ここから和馬の自宅までは遠くない。玄関先で媚尻から手を離した和馬が駆けて帰ろうとするのを、傘を閉じた芙美代が引き留めた。

「うち、寄っていかない？」

「いや」

和馬は怯んだ。

芙美代の家族に、なんと挨拶していいかわからない。

まさか、お嬢さんをメス奴隷にしていいます、とは言えないだろう。セックスフレンドですなどと名乗ったら、ぶん殴られるに違いない。

そんな和馬の心理を読んだのか、芙美代は薄く笑った。

「大丈夫。うち共働きだから。弟も野球の練習で、中学校から帰ってくるには時間があるわ」

「そ、そうか。そ、それじゃ……お邪魔するかな……？」

芙美代がなにを求めているのかを察することのできた和馬は、鼻の下が伸びているのを自覚しながらも、生まれて初めて菊池邸にお邪魔した。

雨に濡れた体で人様の家に上がることをためらっていると、先に入った芙美代がバスタオルを投げてよこした。

「雨に触れちゃったし、お風呂に入りましょうか。わたしのお父さんのちょっとした贅沢で、二十四時間風呂ってやつなの。いつでも入れるのよ」

「いっしょに入っていいんだよな」

「ええ、たっぷりご奉仕してあげるわ」

芙美代は照れくさそうに頰を染めつつ、和馬を屋内へと誘う。

（まったく、ほんと優等生の顔をしてスケベな女だ）

自分のことは棚に置き、体を拭いた和馬は靴を脱いだ。

芙美代に案内された脱衣場で雨に濡れた制服を脱ぐ。

向かいで芙美代も、赤いスカーフと白いセーラー服を脱ぎ始めた。中から翡翠《ひすい》色の
ブラジャーとショーツが出てきた。

ブラジャーを外すと大きな双乳がまろびでる。雨に濡れて冷えていたからだろう。

ピンク色の乳首が陥没している。

両手の親指をパンティの左右の腰紐にかけて引きずり下ろすと、黒々とした陰毛が
炎のように逆巻いていた。

「……」

眼鏡以外の衣服は脱いだ芙美代の裸体をしげしげと観察していると、不思議そうに
見返された。

「どうしたの？　わたしの体なんて、いまさらでしょ」

「ああ、そうなんだけど……おまえが素っ裸になったの初めて見たと思ってな。いつも服を着たままやってたし」

ほんの数時間前に学校で、五人の処女を食ってきたばかりだというのに、逸物は臍に届かんばかりに反り返ってしまっているさまにばつの悪さを感じた和馬は、なんとなく頬を掻く。

「そうね。学校で素っ裸にはなかなかなれないわ」

芙美代は初めて思い至ったという顔で頷く。

「いや、改めて見るとおまえってさ。ほんと、すげぇドスケベな体しているよな」

「はぁ？　なによそれ」

少しむっとしたらしい芙美代は、両手で腹部を抱いて逃げ腰になる。

両肩はしっかりしていて、そこから大きな乳房を支えている。手も足も細すぎず太すぎない。それでいて腹部は引き締まり、臀部は大きい。まるで瓢箪《ひょうたん》のような体形だ。

「おっぱいでかいし、尻でかいし、太腿ムチムチ。それでいて腹部と足首はキュッと締まっている。もう男にズッコンパッコン犯してくれといわんばかりのエロ体形だ」

「褒め言葉として喜んでおくわ」

「まぁ、俺はおまえがなにを考えているのかさっぱりわかんねぇけど。とにかく体だけは好みだな」

しげしげと裸を見られながら絶賛された芙美代は赤面し、珍しく動揺している。

「あはは、風呂に入ろうぜ。風邪ひいちまう」

「あ、待って。このままだとあなたの服、皺になるわ」

芙美代は、和馬の脱ぎ散らかした制服を軽く畳む。

（こいつ、家事もできるのか）

顔がよくて、面倒見がよくて、勉強ができて、巨乳でドスケベ、そのうえ家事までできるなど本当に完璧な女である。

（これで性癖さえ普通なら、男なんていくらでも選び放題だろうに。ほんと残念な女だよなぁ）

芙美代が服を片付けたのを見定めた和馬は我慢できずに、その腕を引いて風呂場に入った。

ユニットバスには湯がたたえられている。

二十四時間、いつでも入れる風呂らしい。

芙美代を背後から抱きしめた和馬は、いきり勃つ逸物をエロ尻の谷間に挟み、そのままいっしょに湯舟に入った。

腰の上に女の尻を座らせる。

逸物はむっちりとした太腿の狭間に入って、湯の中でユラユラと揺れるワカメのような陰毛の狭間から、亀頭部を突き抜けさせた。

さらに和馬は、両腕を芙美代の腋の下からまわすと、大きな乳房を両手の内に包む。

（はぁ〜、なごむ。こいつの体って抱き心地いいんだよな）

学校内でエッチするとなると、どうしても人目が気になって早く済ませねばならないという意識が働く。そのため、お互いの性欲を満たすだけという即物的な交わりになってしまっていたようだ。

それに対して、いまはまったりと楽しむことができるのだ。

心の余裕をもって乳首を弄んでいると、陥没していた乳頭がぴょこんと飛び出してきた。

その勃起した大粒の乳首を摘まんで、シコシコと扱く。

「ああ……」

愉悦の声を漏らした芙美代は、股間に挟んだ逸物の先端を摘まみながら背後を窺う。

「漫研の女の子たち、全員とやった？」

「ああ、五人とも処女だった」

「うふふ、さすがね」

自らの作戦がうまくいっていることに喜びを感じているのか、芙美代は満足げに頷く。

「畠山くんの頑張りもあって、女子の票はだいぶ固められた。五十嵐先輩の推薦はあるし、飛鳥も一年生の票を固めてくれている。ただ最近の不確定要素は橋本先生ね」

「橋本先生？」

意外な名前がでてきて驚いたが、言われてみると、たしかに女子たちとセックスしまくって支持を集めるという作戦が、先生に露見したら大ごとになるかもしれない。

「ええ、嗅ぎまわれると面倒だわ。いままでみたいに動けなくなる」

「そうだな」

「いっそ、あの先生にも畠山くんのメス奴隷に加わってもらいましょうか？」

その結論に、和馬は驚く。

「いやいやいや、いくらなんでも無理だって。教師だぞ」

「女教師なんて、若い男が大好きな変態女って決まっているわ」

湯気に曇った眼鏡の弦を上げながら決めつける芙美代に、和馬は呆れる。

「すごい偏見だな」

「さっき『女教師釣り　放課後の淫蕩ハーレム』って本を読んで確信したの」

こいつの官能小説脳、なんとかしないと。

頭痛を感じる和馬の逸物を弄びながら、芙美代は続ける。

「若い男が好きな変態女でなければ教師なんて職業は選ばないわよ。まして、橋本先生なんて二十八歳で独身。恋人のいる気配もない。毎日欲求不満でムンムンよ」

「おまえを基準に考えるのはどうかと思うぞ」

「おち×ちんが嫌いな女はいないわ。そのことは畠山くんが一番わかっていると思ったけど？」

たしかに、生徒会長戦で投票してもらうために、各部活をめぐっては女子部員の処女を割りまくっている和馬としては、否定するのは難しい。

「いや、そうかもしれないけど、教師と生徒ってのはやっぱり敷居が高いぜ」

女子高生たちはなんだかんだで、能天気なのだ。それに対して女教師という立場はいろいろと重たい。

太腿の狭間から飛び出した亀頭を左の手のひらで包み込みながら、芙美代は右手の人差し指を顎に添えた。

「土下座してみたらどうかしら？」

「土下座？」

戸惑う和馬に、芙美代は確信に満った表情で頷く。

「ええ、聞いたことがあるわ。女にやらせてくださいって土下座してお願いすると、成功率が高いって」

「本当かぁ」

胡散《うさん》くさいといった顔をする和馬に、芙美代は口角を吊り上げる。

「ええ、女はすべからく見栄っ張りよ。自尊心を満たされながら、畠山くんみたいなかっこいい男子とやれる機会を見逃せるはずがない。そして、一発やってしまえば、あとはこちらのもの」

芙美代の悪い笑顔にヒキながら和馬は頷く。

「わかった。機会があったらな」

「うふふ、機会はわたしが作ってあげるわ。任せておいて。さぁ、方針も決まったということで。ご主人様、そろそろ体も温まったでしょ。ご奉仕してあげるから、こちらにきて」

芙美代に手を引かれて、和馬は湯船から出た。

そして、促されるままに、洗い場にあったプラスチック性の小さな椅子に腰を下ろす。

その後ろに立った芙美代は、ボディソープを自らの胸で泡立てると、和馬の背中に抱き着いてきた。

プニ……。

「おっ」

息を呑む和馬の背中に、大きな乳房を押し付けながら、その右の耳元で芙美代は囁く。

「どうかしら？　ご主人様。こういうのをソーププレイといって、男はみんな大好きだというけど」

「ああ、悪くない」

和馬はぎこちなく頷く。

「ふふ、メス奴隷としてはご主人様に喜んでもらえるのがなによりも嬉しいわ」

妖艶に笑った芙美代は、和馬の両肩を抱き、ゆっくりと双乳を上下させて、背中全体を移動させた。

（うわ、こいつの柔らかいおっぱいの先端にある、コリッコリに勃起した乳首が移動

する様子がはっきりわかる）

和馬は興奮したが、それ以上に芙美代の呼吸が荒くなってきた。

「はぁ……はぁ……はぁ……これって女も意外と感じちゃうのね」

「そりゃ、おまえは乳首を押し付けているんだから、当然だろ」

和馬がからかうと芙美代は、背中から乳房を離して立ち上がった。

「次は腕を出して」

「こうか」

和馬が右腕を突き出すと、芙美代は跨ってきた。後ろ手に和馬の手首を握りながら、腰を前後させる。

シャリシャリシャリ……。

泡を含んだ陰毛が、和馬の二の腕を行き来する。

「こ、これは……」

「たわし洗いって言うらしいわ。どお、気持ちいい？」

「あ、ああ、しかしおまえ、どこでこんなエロい知識を仕入れてきたんだよ」

そのエロすぎる奉仕に興奮しながらも、和馬は呆れた。

頬を紅潮させた芙美代は腰を振りながら得意げに応じる。

「マドンナメイト文庫よ」

そういえばこいつ、官能小説の愛読者だった。女子高生が自分たちと同じものを読んでいると知ったら、世のおじさんたちはどうかと思うぞ。

（まったくその趣味はいたたまれないぞ）

和馬が呆れている間にも、芙美代は豊かな陰毛で泡立った石鹸を押し付けてくる。

「はぁ、はぁ、はぁ……ん、はぁ……」

芙美代の吐息が気持ちよさそうだ。乳首以上に敏感な陰核を男の肌に押し付けているのだ。女は否応なく性感が高まってしまうのだろう。

「ああん、もうダメ」

不意に芙美代は、バランスを崩して倒れそうになったので、和馬は慌てて抱いて支えてやった。

どうやら、芙美代は軽い絶頂に達したようだ。

「はぁ、はぁ、はぁ……これって女のほうが気持ちよくなってダメになっちゃうわ」

「そりゃそうだろうな」

女の柔肌をこすり付けられれば、男は興奮する。しかし、それで絶頂するというものではない。しかし、女のほうは極めて敏感な性感帯をこすり付けているのだ、感じて当たり前だ。

(まったく変なところで抜けた女だ)

呆れながらも、芙美代の発情しきった顔を見ていると、和馬のほうでも否応なく興奮してしまう。

本日は、学校で漫画研究会の女子五人の処女を食ってきたというのに、逸物が猛《たけ》り狂いそうになった。

そのまま芙美代を押し倒そうとしたところで止められる。

「まだ奉仕は終わりではないわ。ご主人様、立って」

「ああ」

芙美代の柔らかい膣穴に逸物をぶち込んで、思いっきり腰を振りたいという欲求を呑み込んで、和馬は立ち上がった。

仁王立ちする男の前に跪いた芙美代は、両手で自らの乳房を摑んだ。

そして、鼻先でいきり勃つ逸物を自らの乳房の谷間に挟む。

「うお」

和馬は感嘆の声をあげてしまった。

(こ、これはパイズリ)

そういう淫技があることは知っていた。

しかし、学校でエッチするときにはついぞやってもらう余裕はなかった。せいぜいフェラチオが精いっぱいだ。

初めてのパイズリ体験である。

逸物を胸の谷間に包みこみながら、芙美代はどや顔で見上げてくる。

「どうかしら？　わたしのおっぱいは」

「ああ、最高だ」

パイズリの気持ちよさは、もちろん、その柔らかい乳肉によって、男根を包まれる触感にある。

しかし、それに勝るとも劣らぬ歓びとして、女の象徴たる乳房に、男根を包まれて奉仕されるという絵面にあった。

和馬が喜んでいるさまが嬉しかったらしい芙美代は、一生懸命に乳房を上下させはじめた。

「はぁ……はぁ……はぁ……」

大きな乳房を上下させるのは、なかなかの重労働なのだろう。芙美代の白かった肌が桃色に紅潮し、汗が噴き出している。

男を楽しませるために、こんなにも頑張っているのだと思うと、愛しさが募ってくる。

（やべぇ、菊池がかわいくみえる）

肉袋の中で二つの睾丸が歓喜に躍り、射精欲求が一気に高まった。

柔肉に扱かれる肉棒の中を、熱い高ぶりが駆け上がり、そして先端から噴き出した。

ドビュッ！　ドビュッ！　ドビュユユッ！

糸を引くように噴き出した白濁液が、眼鏡をかけた優等生面の女の顔に勢いよく浴びせられる。

「あぁ……」

黒い前髪から、眼鏡のレンズ、そして、唇から顎まで浴びせられた白濁液は、さらに大きな乳房にまで滴った。

精液を顔面いっぱいに浴びて恍惚とため息をついている変態女を見て苦笑した和馬は、シャワーを取りよせて、顔や体に着いた白濁液を洗い流してやる。

「あん、もっとご主人様のザーメンで包まれていたかったのに……」

「まったくどこまで好き者なんだか……」

ののしりながら芙美代を洗い場に押し倒し、M字開脚にする。そのまま逸物をぶち込もうとして、ふと芙美代の濡れた陰毛を摘まんだ。

「いま思ったんだけどさ。おまえの大好きなメス奴隷ってやつは、剃毛されるのが定番じゃね？」

「そ、そうね」

和馬の口ぶりから、このあと、なにが起こるのか予想できたのだろう。芙美代は息を呑んだ。

その期待に応えて、和馬はニヤリと笑った。

「いつぞやの約束どおり、剃毛してやろうか？」

「……」

芙美代の若干怯んだ目と和馬の目が正対する。

和馬としては、本気で芙美代をパイパンにしたいという欲望があったわけではない。ちょっとした悪戯心だ。

とはいえ、一度ぐらいは女をパイパンにしてみたいという好奇心もある。

「別にいいだろ。おまえは俺のメス奴隷なんだから」

男に陰毛を引っ張られながら、芙美代は恥ずかしそうに頷いた。

「ご、ご主人様の命令なら、よ、喜んで」

芙美代はただちに安全カミソリを持ってきた。

「さぁ、そこに腰をかけて、思いっきり股を開け」

安全カミソリを受け取った和馬の命令に従って、芙美代は湯船の縁に腰をかけると足を開いて蟹股開きになる。

「本当に剃るの？」

「ああ、おまえは俺のメス奴隷だからな。俺以外の男の前で股を開くことは許さん」

自分はいろんな女と喜び勇んでエッチをしまくるくせに、女には貞操を要求するわがまま男の顔を見て、芙美代は頷く。

「はい。わたしはご主人様専用の牝奴隷です。その証として、陰毛をすべてお剃りください」

牝奴隷っぽい忠誠の言葉を吐いて気分を出す芙美代の陰毛でボディソープを泡立てて、安全カミソリを添える。

シャリ、シャリ、シャリ……。

女の大事な部分に傷をつけるわけにはいかない。細心の注意をもって安全カミソリを操っていると、それを見下ろす芙美代がなにやら呟いた。

「……こんなことしなくても、浮気なんてしないのに……」

「いま、なにか言ったか？」

「いいえ。ご主人様のお好きなように」

やがて芙美代の豊富にあった陰毛を一本残らず剃り落とす。

最後にお湯をかけて洗い流すと、ぽっこりとゆで卵でも隠しているかのような土手高な恥丘があらわになった。

自らの股間を見下ろした芙美代は、恐るおそる指先でなぞる。

「ああ、これでわたしは、いちだんと深いご主人様の所有物になったのね」

「そうだな」

もう芙美代は、自分以外の男の前で裸になることができなくなったのだ。そう思ったとき、和馬の脳裏を焼き切れるような興奮が襲った。

「菊池！」

「ちょ、ちょっといきなり」

芙美代を洗い場の床に寝かせると、いきり勃つ逸物をぶち込む。

（うお、選挙の票集めのためにいろんな女とエッチしてきたけど、こいつのオマ×コの中に入ると帰ってきたという気がするぜ）

和馬がやってきた女の子の大半は処女であり、二回目をやった子はほとんどいない。

破瓜のときの女の子の強烈な締め付けは得難い体験ではあるが、どうしても痛がっていて、気を遣う。

それに対して芙美代にはまったく遠慮する必要を感じなかった。欲望のままに腰を使い、肉槍で突きまくってやる。

「あっ、あっ、あっ、あん、ダメ、そこ、ああん、気持ちいい、気持ちいい、気持ちいい」

学校と違って喘ぎ声を我慢する必要はない。芙美代は思いっきり嬌声をあげて乱れた。

和馬はからかってやる。

「うわ、エロ。おまえ、毛がなくなったから、俺のおち×ちんが出てくるたびにオマ×コが捲れ返っているさまが丸見えだぜ」

「は、恥ずかしい。でも、もっと虐めて」

「まったく淫乱な女だぜ」

芙美代の要望に応えて、和馬は思いっきり腰を使った。

パンッ！　パンッ！　パンッ！

男と女の肉体が激しくぶつかる音が、狭い風呂場に響き渡る。

「ああ、奥、奥、奥、そこ、そんなに突かれたら、わたしおかしくなっちゃう！」

「おかしくなれよ。おまえは俺のメス奴隷だろ。俺のおち×ちんのことだけ考えていろ」

「うん、うん、うん、わたしは畠山くんのおち×ぽ奴隷、おち×ぽ奴隷なの〜〜〜」

呆けた表情を浮かべた芙美代は、両手両足で和馬に抱き着いてきた。これは正常位というよりも、種付けプレスと呼ぶべきだろう。

和馬の胸板で大きな双乳がつぶれる。同時に膣洞が狂ったように肉棒を締め上げてきた。

「くっ、イクぞ」

「きて、きて、きて。オマ×コに、子宮に、畠山くんのザーメンをいっぱい、ひぃあ、きた！　子宮にビュービュー、気持ちいい〜〜〜」

和馬が膣内射精すると同時に、芙美代の全身は激しく痙攣した。

（うお、菊池のオマ×コに吸い込まれるみてぇだ）

和馬は欲望のままに、女の最深部に向かって思いっきり射精した。そして、かつてない満足感とともに身を起こす。

「はぁ……はぁ……はぁ……」

眼鏡をかけたパイパン女は、大きく口を開けて喘ぎながら、大股開きのまま脱力している。

膣穴から溢れ出した白濁液が肛門にまで流れていた。

(うわ、エロ。こいつ、ほんとエロいよな)

和馬は学校で漫画研究会の女子五人の処女を食い、さらに芙美代の家にお邪魔してパイズリで一発、膣洞で一発出したというのに、まだやり足りないと思ってしまった。

脱力している芙美代を抱き寄せると、その尻を摑む。

「おまえってさ、ほんと尻でかいよな」

「わ、悪かったわね」

芙美代が不機嫌な声を出したので、和馬は慌てる。

「あ、別に貶《けな》してないって。褒めているんだ。おまえのデカ尻はこうなんと言うか、ほんとメスの尻って感じがして、俺は好きだぜ」

「そうなの?」

「ああ、ガッツンガッツン犯したくなるエロ尻だ。そうだな。おまえの尻は間違いなく学校一だ。二見高校一の尻美人だ」

和馬の絶賛に、芙美代はまんざらでもないという表情になる。

「尻美人って、あんまり嬉しくないかも……でも、ご主人様の好みといってもらえるのは、メス奴隷として嬉しい」

「でだ、メス奴隷っていったら、ここを掘るのが定番じゃね」

和馬が、芙美代の肛門に中指を添えると、ぐいっと押してやった。

「はぁ！」

肛門に指を一本入れられた芙美代は、驚きの声をあげてのけぞったあと、恐るおそる和馬の顔を窺う。

「アナルセックス、やりたいの？」

「ああ、おまえは俺のメス奴隷なんだろ。だったらご主人様の俺が、おまえのすべての穴を掘る権利がある。違うか？」

和馬は肛門に入れた指をゆっくりと動かす。さらには人差し指も入れて、開いたり閉じたりする。

肛門を開かれた女は、四つん這いで身を固くしながら頷いた。

「ええ、違わないわ。わたしは畠山くんのメス奴隷だから、すべての穴を掘られたい」

「よし、決まりだ」

芙美代の肛門から指を抜いて立ち上がった和馬は、湯船の縁に腰を下ろして、芙美代に尻を突き出させた。

その大きな尻を抱き寄せて、いきり勃つ逸物の切っ先を肛門に添える。

「入れるぞ」

「いいわ、うほっ」

先に指でほぐしておいたからだろうか、亀頭部はなんなく入った。そこからズブズブと入るだけ押し込む。

「ひぃぃぃぃぃ」

尻を突き出してのけぞった芙美代は、口腔から涎を垂らしている。

(これがアナルセックスか?)

正直、期待したほど気持ちよくはなかった。

入り口が痛いほどに締まるだけで中は広く、膣洞にあった肉棒に絡みつくヤワヤワとした締め付けがないのだ。

(オマ×コに入れたほうが何倍も気持ちいいな)

肛門を貫かれている芙美代のほうも、それほど気持ちよくなさそうだ。

「は、恥ずかしい……あ、ああ……」

いつも人好きする柔らかい笑顔を浮かべている芙美代が、珍しく余裕のない声をあげていることに気づいた和馬は思い直した。

(どうやら女にとって、アナルセックスというのは、そうとうに恥ずかしい体験らしいな)

想像するに、肛門を開かれるというのは否応なく排便感覚を思い出すのだろう。人前で排便できる人間はそういない。まして、芙美代のような優等生ならなおさらであろう。

その恥ずかしい排便体感を、本人の意思とは関係なく男によって強制的に味わわされているのだ。

逸物への刺激という意味では、それほど気持ちよくないアナルセックスも、女の恥じらうさまを楽しむという意味なら一興だった。

気をよくした和馬は、右手を伸ばしてシャワーを取り寄せる。

「そういえば、女ってオナニーするとき、風呂場でシャワーを使うのが定番なんだろ。おまえもこれを使っているのか?」

「……」

座位の体勢で肛門を貫かれている女は、無言のまま顔を背ける。

「いまさら隠すなよ。おまえがオナニー大好きな変態女だってことは、もうわかっているんだから」

そう言って和馬は、芙美代の両膝を抱え上げると、まるで幼女に放尿を促すような体勢を取らせた。そして、剝き出しになった陰部に向かって、温水の噴き出すシャワーの蛇口をあてがった。

シャー……。

「ひぃぃぃ」

ビクビクビク。

肛門を貫かれている芙美代の全身が激しく痙攣した。

どうやら、芙美代が感じ出したと察した和馬は、陰毛のない陰部を隅々まで洗ってやる。

「おお、よけいな毛がなくなったことで、おまえのオマ×コの中までよく見えるようになったな。これ、おしっこする穴だろ」

「ああ、ダメ、そんなところみないで……」

尿道口を探り当てられ、そこにシャワーを浴びせられた芙美代はイヤイヤと首を横に振るう。

それが喜んでいる表現だと知る和馬は、さらに陰核の包皮を完全に剝きあげて、真っ赤に腫れ上がった肉真珠に強めのシャワーを浴びせる。

「おまえがオナニーするとき、クリトリスとオマ×コとおしっこする穴、どこを狙っているんだ？　ほら、かまととぶってないで言えよ」

「ク、クリトリス……」

「嘘だな。おまえみたいな変態女がクリトリスだけで満足できるはずがねぇ。ほら、ほら、この角度なら三つとも狙えそうだな」

「ああ、ああ、気持ちいい」

強めのシャワーがクリトリスを撃ち、膣穴から溢れ出した白濁液は温水によって洗い流されていく。

「まったくどんだけ精液が詰まっているのかね。このエロ壺は」

自分が仕出かした行為だというのに、嘲笑した和馬は右手でシャワーのノズルを構えつつ、左手の中指と人差し指を膣穴にぶち込んだ。そして、女の肉花を大きく広げる。

捲れ返った肉壺の最深部に向かって、シャワーを流し込む。

「あ、ああ……でちゃう。せっかくご主人様に中出ししてもらったザーメンが全部、でちゃう」

「どうせ、すぐにまたザーメンでいっぱいになるさ」

めいっぱい広げられた肉壺の最深部に向かってシャワーを浴びせられ、子宮口まで洗われた芙美代は、眼鏡の奥で白目を剝いて、半開きの口元から涎を垂らしている。

(ったく、肛門掘られながら気持ちよさそうな顔しやがって、この変態女)

そんな変態女が、けっこうかわいいと思ってしまった和馬は、直腸に向かって射精してしまった。

「ひぃ、お、お尻の中でおち×ちんが、はひぃ、入って……くる……」

ビクンビクンビクン……。

どうやら、肛内射精をされて芙美代はイッてしまったようである。男の腰の上でM字開脚していた体が激しく痙攣した。そして、その次の瞬間、シャワーで洗われていた媚肉から逆方向の温水が噴き出す。

ジョー……。

(うわ、こいつおしっこ漏らしやがった)

肛門と膣穴と尿道は八の字の筋肉でつながっているといわれる。肛門と膣穴を無理やり広げられたことで、尿道まで緩くなってしまっていたのだろう。

(まぁ、風呂場だし、小便を漏らすぐらい問題ないか)

女にとっては、それも芙美代のような優等生気質の女が、人前で失禁するというのは大変恥ずかしいのだろう。項まで真っ赤になっている。

そんな羞恥に悶える女の放尿姿を、和馬が堪能していたときだ。

ガチャリと風呂場の曇り扉が開いた。

「あ」

そこに立っていたのは、中学生と思われる裸の男子だ。

状況からすると、芙美代の弟。おそらく、雨の中での野球の練習が終わって帰宅。汗と泥を流そうとしたのではないだろうか。

彼の視線の先には、男に背後から抱きしめられ、M字開脚で肛門を犯されて、しかもパイパンの陰部から失禁している姉の姿があったのだ。

まさか、真面目なお姉ちゃんが男を連れ込んでいるとは、夢にも思っていなかったに違いない。

「ごめん」

一言いって扉を閉めた少年は、慌てて脱衣所から逃げていく。

それを見送った芙美代は、その後もしばしの間、放尿を続ける。ようやく止まったあとは、和馬の胸に顔を埋めたまま動かなかった。

「あれ、菊池はいないのか？」

選挙戦も終盤に入った放課後、教室に独り残った和馬が、最後のお願い演説の原稿を頭をひねって考えていると、担任の橋本早苗が入室してきた。

「さぁ、菊池さんなら用事があるといって先に帰りましたよ」

「あれ、おかしいな。菊池に用事があると呼ばれたのだが……おまえのほうはまだ帰れないのか」

「ええ、なんだかんだで雑事に追われています」

早苗は、和馬の向かいの席に座って、頬杖をついた。

「熱心だな。まさかおまえが生徒会長になりたいなどと考えているとは思わなかった」

「別に今だってなりたくありませんよ。しかし、恥を掻くのは嫌ですからね。最低限のことはしておかないと」

「ふ～ん」

放課後、みなが帰った教室に、女教師と男子生徒が残った。

この状況ができたのは偶然ではない。芙美代が作ったのだ。

(ここまではうまくいったわけだ。しかし、ここからが問題だな。本当にうまくいくのか？)

和馬としては、逃げ出したいところである。

しかし、ここで逃げたら、芙美代に失望されるだろう。それが嫌だった。

和馬は思いきって口を開く。

「先生、一つお願いがあるんですけど……」

「なにかしら？」

和馬は生唾を飲み込んでから、思いきって口を開く。

「一発やらせてください」

「はぁ？」

「俺、橋本先生みたいな大人の女が好みなんです。一回だけ、一回だけでいいですから、やらせてください」

和馬は、芙美代に指示されたとおり、床に這いつくばると深々と土下座をした。

「ちょ、ちょっと畠山、落ち着きなさいよ。あなたほど恰好よければ、いくらでも恋人ができるわよ」

動揺している早苗に、和馬はさらに頭を下げた。

「先生にセックスを教えてもらいたいんです。一回だけ、決してだれにも言いませんから、お願いします」

「……」

しばしの沈黙が流れた。

(うわ、これで失敗したら明日からどういう顔して学校に来ればいいんだ)

内心で冷や汗をかいていると、肩に手を置かれる。

顔を上げるとそこには発情したメスの顔があった。

「仕方ないわね。一回だけよ」

あ、釣れた。

まさか本当に成功するとは思っていなかった和馬は、呆然と頷く。

「はい、一回だけ」

「わかったわ。畠山くん、最近頑張っているし、ご褒美ということで……ね」

そう言って得意げな表情になった早苗は、和馬の膝に腰をかけると、唇を重ねてきた。

「う、うむ、うむ」

早苗は積極的に舌を絡めてきた。

やがて満足した早苗は、唇を離す。

「どうだった？　ファーストキスの味は？」

「とっても甘かったです」

和馬はもちろん、ファーストキスではなかったのだが、ここは童貞のふりをしたほうが、うまく運ぶであろうと判断して、否定をしなかった。

「先生のおっぱい、見たいです」

「ふっ、いいわよ」

大人の女が童貞少年を見る独特な優越感に満ちた笑みを浮かべた早苗は、もったいぶったしぐさでブラウスのボタンを外していく。

中からパープルのブラジャーがあらわになった。

レースの刺繍などが付き、和馬がいままで見てきた女子高生がつけている下着よりも、明らかに高級そうな代物だ。

(下着からして、やっぱり大人の女なんだなぁ)

感心する和馬の前で、早苗はブラジャーも外した。

白い乳房があらわになる。

それほど大きいというわけではない。しかし、女子高生の乳房とは趣が違った。重力に負けて少し垂れた感じの曲線美が美しく、乳房としての完成形を思わせる。

「さぁ、触っていいわよ」

「ありがとうございます」

和馬が手に取ると、ふわっと大福のように柔らかかった。頂を飾るピンクの突起を口に咥える。

「ああ」

早苗は和馬の頭を抱いて気持ちよさそうに喘ぐ。

やがて早苗は、和馬の頭を引きはがす。

「畠山くんは、おっぱいだけで満足なの？」

「それは……」

「オマ×コ、見たくない？」

どうやら早苗のほうが我慢できなくなったらしい。それと察した和馬は、勢いよく頷く。

「見たいです。橋本先生のオマ×コ」

「仕方ないわね。畠山くんだけ特別よ」

和馬の膝から降りた早苗は、両手をスカートの中に入れると、いそいそとブラウンのパンストとパープルのパンティを同時に膝下まで下ろした。

そして、机の上に腰を下ろして股を開くと、優越感に満ちた表情でスカートを捲る。

「うふふ、ほら、畠山くんが見たかったところよ」

黒い陰毛が逆巻いていた。

それを掻き分けて、早苗はくぱぁをする。

(うお、これが大人の女のオマ×コ!?　やっぱり女子高生とは違うわ)

目を皿のようにして陰阜を覗き込む教え子を前に、女教師は舌なめずりをする。

「うふん、教師として教えてあげるわね。ここがクリトリス、そして、ここがヴァギナよ」

「先生」

「な・め・て」

およそいつものフレンドリーな女教師とは思えぬ、色っぽい声の誘惑に応えて、和馬は恩師の陰阜に顔を埋めた。

「あ、そ、そこをペロペロと、ああ」

机の上でM字開脚となった女教師は、両手を後ろに置いて支えながら、顎を上げ、白い喉をさらしながら気持ちよさそうに喘ぐ。

（これが橋本先生のオマ×コの味か、女子高生よりもマイルドだな）

処女を割る前には、舌でイカせることを自らに課してきた和馬は、クンニは得意である。

その経験に裏付けされた技は、大人の女にも有効だったらしい。

「あ、ああ、ああ、そ、そこ、いい、ああ、ああ、ああ、もう、もう、もう、イク、イク、イク、イッちゃう！」

童貞と信じている教え子の前で股を開いた女教師は、呆気なく絶頂してしまった。

「はぁ、はぁ、はぁ……なかなか、上手だったわよ」

「ありがとうございます」

机からいそいそと降りた早苗は、机に両手をつくと、大きすぎず小さすぎない、それでいて大人の女らしい柔らかさを持った尻を突き出してきた。

「さぁ、入れなさい」

「いいんですか？」

和馬の確認に、パンティとパンストを膝下まで下ろし、スカートを腹巻状にした女教師は、悪戯っぽく尻をくねらせる。

「ええ、畠山くんにだけ特別授業をしてあ・げ・る」

(うわ、先生ってば、調子に乗っているな)

騙していることに罪悪感を覚えながらも、和馬は熟れた女尻を両手で摑んだ。

「ありがとうございます。それでは入れさせていただきます」

褐色の肛門を見下ろしつつ、濡れた膣穴にいきり勃つ男根を添えた和馬は、ゆっくりと腰を進めた。

ヌムリ……。

男子生徒の男根は、女教師の体内へと呆気なく呑み込まれていった。

大きく口を開いた早苗は、背筋を反らして恍惚の声をだした。

「ああ～、おっきい～」

(うお、これが大人のオマ×コか。やっぱり、十代の小娘とは全然違う)

単純な締まり、襞の豊富さなどでは女子高生のほうが上かもしれない。しかし、ヤワヤワと肉棒に絡みつく感覚は、二十代の大人の女のほうが上だった。

(それにしても、先生。恋人はいなさそうなのに、さすがに経験はあるんだな)

男根をぶち込むたびに、破瓜の痛みに涙する女子高生とばかりやってきた和馬としては、安心感を覚えた。

そこで、欲望の赴くままに腰を使わせてもらうことにする。

「橋本先生。橋本先生のオマ×コ、最高に気持ちいいです」

芙美代と一線を超えるまで、空想の中で何度も犯していた女性とついに繋がれた歓びに、和馬は思いっきり腰を使った。

グチュグチュグチュ……。

いきり勃つ男根に穿《ほじ》られた女性器は、卑猥な水音を立てながら捲れ返る。

「ちょ、ちょ、ちょっと、そんな、激しい」

「すいません。止まりません」

興奮した和馬の腰使いは、まさに十代の若き獣ならではのものだったろう。摩擦で火が付きそうなほどの荒腰となった。

「あっ、あっ、あっ、あっ、もう仕方ないわね。好きに腰を使っていいわよ、あっ、あっ、あっ、あっ、これが男子高生、性欲の有り余っている若いオスに犯されるということ、ああ、そんな奥をガツガツ突かれるだなんて、ああ、子宮が、子宮が揺れちゃっている。ちゅ、ちゅごい、こんな激しいの初めて、頭の中が真っ白になっちゃう、ああ、いいわ、もっと、もっと激しくして、あっ、あっ、あっ……」

超高速ピストン運動にさらされた早苗は、全身から汗を噴き出して喘ぐことしかできなくなってしまう。

　このような激しい動きは、十代の少年ならではのものであったろうが、同時に十代の少年ならば、あっという間に射精してしまってしかるべきものであったろう。

　しかるに、和馬はここ一週間あまり、女性経験を積みすぎていた。

（まったく、女教師といっても、ち×ちんをぶち込まれているときは単なる牝だな。女子高生と大してかわらない。というか女子高生よりも敏感かも。特にこの辺）

　和馬は我を忘れた荒腰を使っているようにみえて、きっちり早苗の弱点を探っていた。亀頭部で子宮口をガッツンガッツンと突きまわす。

「ひっ、ひっ、ひぃ、もう……イク～～～」

　教え子に突きまわされた女教師は、あっという間に絶頂してしまった。

　キュンキュンキュンと膣洞が吸引してくる。

（うお、この締まり、やっぱり大人の女は違う）

　成熟した大人の絶頂痙攣を堪能した和馬であったが、射精はせずに耐えきった。

「はぁ……はぁ……はぁ……畠山くん、じょ、上手だったわよ」

　大人の女としての余裕を演じようとしているのだろう。荒い呼吸しながらも、早苗は必死に取り繕った表情を浮かべて背後を窺ってきた。

（橋本先生、やっぱり、こういうこと慣れてないっぽいな。よし、それなら）

セックス経験は自分のほうが上だと自信を持った和馬は、冷笑を浮かべて抽送運動を再開した。

「まだまだ、これからですよ」

「ひぃぃぃぃ、あ、ちょっと、待って、わたし、イッた。イッたのに、ああ、そんな連続でなんて、ああん、ダメ、あっ、あっ、あっ」

若いオスの終わりなき高速ピストンにさらされて、早苗は机にしがみつき、ビクビクと痙攣しながら何度も絶頂していた。

和馬のほうは、早苗がイクたびに、片足を机に上げさせたり、片足立ちにさせたり、正常位にしたり、乳房を揉んだり、乳首を摘まんだり、陰核をこねまわしたり、肛門を弄ったりと、さまざまな体位でひたすらに突きまくった。

「な、なに、この子、上手、上手すぎる。ああ、もう、ダメ、また、またイッちゃう。もう許して、これ以上、イッたら、わたし、もう、もう、あん、あん、ああん、ああああー」

何度目かの絶頂にさらされた早苗の焦点の合わぬ目線の先に、眼鏡をかけて白いセーラー服を着た女子が立っていた。

「き、菊池さん……？」

いまだ教え子の硬い男根に貫かれ、机に涎を垂らしている女教師の口元を、芙美代はハンカチで拭ってやる。

「教え子との禁断のアバンチュール、楽しそうでしたね。女教師が生徒と淫行におよんでいいと思っているんですか？」

「そ、それは……」

連続絶頂で意識が朦朧としている早苗は、うまく言葉を口にできない。

「うふふ、いいと思いますよ。教え子の性的な玩具になるのって、女教師の夢でしょ」

「そ、そんなことは……」

言い訳しようとする早苗に向かって、芙美代は魔女のように笑う。

「安心してください。別に橋本先生を、淫行教師として告発するつもりはありません。ただ橋本先生にも、ご主人様のハーレムに加わってもらいたいのです」

「ご主人様？　ハーレム？」

「そうです。ご主人様を生徒会長にして、学園中の美少女をハーレムに加える。その計画に協力してもらいたいだけなんです」

早苗は困惑した顔で口を開く。

「菊池さん、あなたはいったい……」

「わたしですか？　もちろん、ご主人様の性奴隷ですよ」

早苗は恩師を見下ろして、小ばかにしたようにクスクスと笑う。

「先生がハーレムに加わった記念に、クリトリスを舐めてあげますね。おち×ちん入れられた状態でクンニされたことありますか？　これがすごい快感で、癖になるんですよ」

「ひぃぃぃぃ」

教え子の男女に弄ばれた女教師は、ただただイキ狂うことしかできなかった。

第六章　悦楽のハーレム学園

「投票の結果、今年度の生徒会長は畠山和馬くんにお願いすることになりました」

土曜日、授業が終わり、下校する前。二見高校の全校生徒は体育館に呼び出されて、生徒会長選挙は行われた。

即日開票の結果、女生徒の圧倒的な支持により、当選が決まる。

拍手喝采のなか、司会を進行した女教師橋本早苗の言葉に従って壇上に立った和馬は、現生徒会長の五十嵐玲子と握手を交わす。

「おめでとう。今後の二見高校を頼みました」

「ありがとうございます。五十嵐先輩の後継として恥じぬ働きをします」

決してやりたくてやるわけではないが、公《おおやけ》の席で常識的にふるまうことを厭《いと》う和馬ではなかった。

握手を終えると、全校生徒を代表した一年生の北川飛鳥から花束の贈呈が行われる。

「先輩、おめでとうございます」

爽やかな美少女の笑みと花束を、和馬は受け取った。

「ありがとう。これからよろしく。飛鳥には生徒会の書記になってもらうからね」

「はい」

飛鳥は明るく元気に返事をした。

新生徒会のメンバーで、選挙対策委員長であった菊池芙美代が副生徒会長となり、次代の生徒会長と目される飛鳥に書記を任せるのは規定の路線である。そして、顧問の教師は早苗が務めるだろう。

「では、本日は以上です。みなさん、お疲れ様でした。気を付けてお帰りください」

一とおりのセレモニーの終わりを告げる早苗の指示に従って、生徒たちは三々五々に退出していく。

そこに現在の生徒会書記で、次年度の副生徒会長となる菊池芙美代がマイクを取って呼びかける。

「祝勝会を開きたいと思います。畠山くんの支持者のみなさんは残ってください」

不満顔の男子は体育館から出ていき、そして、帰宅することだろう。

体育館には、女生徒だけが残った。それは和馬に投票した女生徒たちだ。すなわち、和馬の選挙活動中に処女を捧げた女の子である。その数、百人ぐらいだろうか。

出入口をきっちりと施錠してから壇上に立った芙美代が、残った女生徒たちに頭を下げる。

「みなさんのおかげで畠山くんは生徒会長になれました。ありがとうございます」

「うわあああ!」

女生徒たちはさながらコンサートホールにでもいるかのように歓声をあげて盛り上がっている。

それを手で制しながら、芙美代は続けた。

「つきましては、畠山くんがお礼をしてくれるそうです。みなさん、服を脱いでお待ちください」

「っ!?」

いままで盛り上がっていた女生徒たちも、さすがに驚いてあたりを窺う。

いくら和馬にやられた女たちとはいえ、このような大勢の生徒たちがいる前で裸になることは抵抗を感じるのだろう。

その生徒たちは体育館に残った異分子。すなわち、教師の目を気にしているようだ。

それと察した芙美代は艶やかに笑う。

「ああ、ご心配なく、橋本先生はもちろん、畠山くんのおち×ぽ奴隷の一人ですよ」

「えっ、先生も……」

驚く生徒たちの注視を浴びて、甘栗色の髪をした女教師は頬を染めて視線を逸らす。

「先生、ここ一つ、生徒たちに範を垂れていただけませんか？」

「わ、わたしが脱ぐの？」

「ええ、お願いします」

悪魔のほほ笑みに促された早苗は、しぶしぶ壇上の中央に立つ。

「……ごくり」

固唾《かたず》を呑む生徒たちの見守るなか、早苗は震える手で黒いジャケットと黒いミニスカートを脱ぐ。

白いブラウスの下からブラウンのパンストに包まれた美脚が覗く。パンスト越しには黒いパンティが透けていた。

そこからブラウスを脱ぐと、大人の女らしい高級感のある黒いブラジャーとパンストに包まれた肢体があらわになった。

恩師の演じるストリップショーを、女生徒たちは食い入るように見つめる。

「ふぅ……」

諦めの吐息をついた早苗は、ブラジャーを外した。

プルンとあらわになった乳房は、決して大きいというわけではないが、小さいわけでもない。しかし、微妙に形崩れして垂れている感じが、女子高生とは違う大人の体ならではの色気というものだろう。

教え子たちが注視するなか、早苗はさらに黙々とブラウンのパンストと、黒いパンティを同時に下ろした。

素っ裸となった女教師は、恥ずかしそうに自らの裸体を両腕で抱く。

「このとおり、橋本先生は身も心も、畠山くんのおち×ぽ奴隷です」

「おお！」

芙美代の宣言に、体育館の女生徒たちは感嘆の声をあげる。

生徒たちのさらし者になっている早苗であったが、羞恥心を快感と捉えるマゾ的な刺激を感じているらしい。

乳首がビンビンにシコリ勃ち、震える両足の狭間が濡れている。

芙美代はわざわざマイクを、早苗の口元に近づけた。

「先生、畠山くん、いえ、新生徒会長のおち×ちんを食べたときの感想はいかかでしたか？」

「……最高」

しばしためてからの、わざとらしい色気を込めた早苗の告白に、女生徒たちは大いに沸く。

「恩師をメス奴隷にするだなんて。悪い生徒会長が誕生したものですねぇ」

芙美代の司会で盛り上がる会場に、玲子が進み出た。

「わたくしも、新生徒会長のメス奴隷ですわよ」

前生徒会長もまた、壇上で制服を脱ぎだす。

赤いスカーフを外し、白いセーラー服と紺色のミニスカートを脱ぐと、黒いブラジャーと黒いパンストに包まれたスーパーモデル体形があらわになる。

ブラジャーを投げ捨てれば、細身の割には大きく、重力に完勝した双乳が飛び出し、腰をくねらせながら、パンストとパンティを同時にひき下ろすと、薄く逆三角形に整えられた陰毛が披露される。

素っ裸になった玲子は、左右の足を前後させたモデル立ちになると、両手で前髪パッツンの豊かな黒髪を掻き上げ、バサリと輝く孔雀の羽根のように広げてみせた。

「おお、さすが生徒会長。いや、ご隠居、綺麗♪」

前生徒会長のトップモデルのごとき美しい裸体に、一般生徒たちは歓声をあげた。いままでの玲子は、完璧な美貌と家柄、そして成績から、一般生徒たちからは雲の上の存在として扱われていた。しかし、自分たちと同じ男にやられた女だという親近感が生徒たちに芽生えたらしい。

みな親しげに声をかけている。そんなさまが玲子には新鮮であり、嬉しそうだ。

「まったく、五十嵐先輩にはかないませんね」

苦笑した芙美代もまた、壇上で制服を脱いだ。

緑色のブラジャーとパンティを着用しており、それを脱ぐと砲弾と見まごう大きな乳房があらわになる。

「おおっ、さすがに大きい」

芙美代の巨乳ぶりは制服越しにもわかっていたことだ。生で見て、やっぱりと観衆は盛り上がる。

しかし、パンティが下ろされたときの反応は、早苗や玲子の裸体を見たときとは少し違った。みな困惑した様子で、ひそひそと言葉を交わす。

一般生徒の疑問を代表するかたちで、飛鳥が右手を上げた。

「菊池先輩、ヘアはどうしたんですか？」

左手でマイクを持ったまま芙美代は、ぽっこりとした土手高の恥丘を右手の指先で撫でながらうっとりと答える。

「ご主人様に剃られてしまいました。身も心も捧げたメス奴隷の証です」

「……」

一瞬、あたりになんともいえない空気が流れて、ついで爆発した。

「ひゅ〜、ひゅ〜、さすが菊池先輩。ぼくたちの一歩先をいっていますね。憧れちゃいます。ぼくも畠山先輩に剃毛された〜い」

「男にパイパンにされるのって愛ですよね〜、愛。他の男の前で裸になることを許さないだなんて、羨ましい〜〜〜」

よくわからない盛り上がりをみせた女の子たちは、赤いスカーフを投げ捨てると競ってセーラー服を脱ぎだした。

さらに芙美代の指示によって、体育倉庫から組体操用のマットが持ち出され、床一面に広げられる。

「さぁ、みなさん、思い思いの恰好で、思う存分に新生徒会長にアピールしください」

「はぁ〜い」

華やかに応じた女子高生一同は、素っ裸のままマットに乗り、四つん這いになったり、仰向けになったり、片足を上げたりしながら、陰部を開いてきた。

「っ」

百人の女子高生による、くぱぁである。和馬は息を呑んでしまった。

壇上から見渡す限り、女性器が並んでいるのだ。なかなか、いや、かなりとんでもなく壮観な光景である。

どの女の子の肉穴も、さながら男を捕食しようとする蟻地獄のようだった。

「ちょ、ちょっと待て、この数をやるのか？」

ことの成り行きを呆然と見守っていた和馬は、戦慄する。

そこに歩み寄った芙美代が悠然と頷く。

「当然です。彼女たちはみな、ご主人様の牝奴隷ではありませんか」

「そうそう、釣った魚に餌をやるのは男の義務というもの」

玲子も歩み寄ってきた。

芙美代と玲子は協力して、和馬の制服を脱がす。

あっという間に素っ裸にされた和馬の股間では、ブルンッと唸りをあげる勢いで逸物は跳ね上がった。

その光景を、階下の女生徒たちは生唾を飲み込んで見つめる。

「ほら、この餌をみんな待っているわ」

玲子は逸物を手に取ると、愛しげに扱いた。

「いつ見ても大きい」

飛鳥が感嘆の声をあげる。

「早くくださ〜い」

女子たちの声に従って体育館を見渡せば、女子バスケット部員、女子バレー部員、女子陸上部員、女子テニス部員、女子剣道部員、漫画研究会などなど、名前と顔と体は一致しないが、たしかに見知った女の子たちの顔と性器があった。

(どのオマ×コも気持ちいいんだよなぁ)

選挙期間中、全員の処女を割ったわけだが、一つとして気持ちよくないものはなかった。

くぱぁと広げられた女性器は、男を捕食し消化する、食虫植物である。

逸物が、食虫植物の密林に吸い寄せられるようだ。

「生徒会長、なにしているんですか、早く早く」

くぱぁしている女の子たちは、この状況を明らかに楽しんでいる。

「し、仕方ないな……」

ここまでやってくれている女の子たちを蔑《ないがし》ろにすることはできない。

（まぁ、やってできないことはないだろう）

さすがにこの数を同時に相手にした経験はないが、選挙期間中、毎日の部活まわりで五人前後の処女を一日で割るのは珍しいことではなかった。

これだけの数を同時にできる機会など、生涯に二度はないだろう。男冥利《みょうり》に尽きる体験ではないだろうか。

（十連発ぐらいなら、なんとかできる）

高校生男子ならば、不可能な回数ではない。さすがに百連発する自信はないが、十人に一発の割合で射精していけばいいのだ。それならばできるかもしれない。

（よし、やってやる）

覚悟を決めた和馬は、壇上から降りた。

そして、一番手前にいた少女の尻を抱くと、広げられていた膣穴に男根を叩きこむ。

「あん」

大勢の仲間の見守る中で、独り貫かれた少女は顔を赤くしてのけぞる。

一方で、和馬のほうは入れた瞬間に後悔した……気持ちいいのだ。

健康的な女子高生の膣洞が気持ちいいのは理屈抜きに当然だろう。本来、男とはこの一穴で満足できるものなのだ。

いきなり射精したくなったのを気合いで止めて、全身からイヤな汗がでた。

（これを百体だと……絶対にもたねぇ、死ぬ。絶対に死ぬ。しかし、やるしかねぇ）

覚悟を決めた和馬は腰を勢いよく振るう。同時に生徒会長として、生徒会役員およびに顧問に出した最初の指示を出した。

「菊池、五十嵐先輩、橋本先生、それから飛鳥はサポートを頼む。彼女たちを濡らして、いつでも入れられるようにしておいてくれ」

「承知しました」

生徒会のメンバーは、順番待ちをしている一般生徒たちにクンニを施す。

「あっ、あっ、あっ、やっぱり、あん、畠山先輩のおち×ちん、気持ちいい〜〜」

和馬とて、伊達に数をこなしたわけではない。女を絶頂させるコツのようなものは摑んでいる。

百人の仲間の見守る中で、さらし者になった女の子はあっさりと絶頂した。

膣洞はキュンキュンと締まって、射精を促してくるが、和馬は男根に気合いを入れて襲いかかる快感の嵐を耐えきった。

（よし、なんとかなった）

チュポン！

絶頂して潰れた女の子の股間から濡れた逸物を引っこ抜いた。

「先輩、この子、準備できています」

傍らの飛鳥の声に従って、和馬は二人目に取りかかった。

じゅぼり……。

（く～、これも気持ちいい。このオマ×コは三点締めしてくる。オマ×コってみんな違って個性があるのが悩ましい）

男根の根本と中腹と先端で絞め上げられながらも、和馬は腰を振るう。

「あん、あん、あん、あん、やっぱり先輩、上手です。そんなに気持ちいいところばかり責められたら、あたし、もう～あああ、イッちゃう」

なんとか二人目も絶頂させた和馬に、女生徒の膣穴に三指を入れてかき混ぜていた早苗が声をかける。

「この子、入れ頃よ。もうトロトロ」

「了解」

返事をするのも煩わしく感じながら、和馬は三人目にぶち込んだ。

ズボリ……。

（はぅ、やば、三人目でミミズ千匹きちゃった。このブツブツは犯罪的だ）

ミミズ千匹というのは、膣内にミミズが千匹いるかのようにヌルヌルと締まる女性器であり、男殺しの名器の代表格だ。

（まだ三人目で出すわけには……）

和馬が必死に射精欲求に耐えながら腰を振るっていたときである。

ペロリ。

背後から肉袋に濡れた刺激が来た。

「ひぁはっ」

完全に油断していた和馬は、驚き頓狂《とんきょう》の声を張りあげて震えてしまった。

「なにを……」

目の前の女の子をイカせることに集中していた和馬が我に返って周りを見ると、発情した表情の女の子たちに囲まれていた。いずれの女の子の内腿も濡れ輝いている。

体育館は女の子たちの性臭に包まれて、ピンク色の靄《もや》がかかっているように錯覚しそうな光景であった。

戦慄した和馬は、生徒会メンバーを見渡す。

芙美代が申し訳なさそうに応じる。

「申し訳ありません。止められませんでした」

次の瞬間、和馬を囲んでいた発情中のメスの群れはいっせいに動いた。

「もう我慢できません！」

女の子の両手で和馬の頰は挟まれて、唇を奪われる。

「うっ、うむ、うむ」

接吻している間に、和馬の左右の手も取られて、女の子たちの股に挟まる。

同時に二つの睾丸を、それぞれ別の女の子の口唇に咥えられた。

背中、肩、二の腕、尻、脹脛などなど、体中の至るところに女の子たちの指や唇や舌、そして、乳房を押し付けられる。

和馬の体の表面で、女の子たちの温もりを感じない箇所は残っていないのではないかと思える密状態だ。

（こ、これは……）

逸物が膣洞に入るのではなく、体全体が女体に包まれる。それは体全体を膣洞の中に入ってしまったかのような体験であった。

（至福……）

百人の女の子を満足させるという和馬の決意むなしく、女の子たちの口内に咥えられた睾丸たちが敗北宣言をした。熱い白濁が肉棒の中を一気に駆け抜け、ミミズ千匹オマ×コに向かって噴き出す。

ドビュッ！　ドビュッ！　ドビュュユュッ！

百人斬りする予定であった逸物は、三人目にして折れてしまったのだ。

「あ～ん、中出し気持ちい～～～」

膣内射精されている女の子が、恍惚とした嬌声をあげる。それを見た先の二人が抗議の声をあげた。

「ず、ずるい。わたしも出してもらいたかったのに」

「先輩、やり直しをお願いしますわ」

「あなたたちはもう満足したでしょ」

マットに仰向けに倒れた和馬の上に、発情した女の子たちが所狭しと乗ってきた。

「うっぷ」

顔面にも女の子の尻が乗った。また射精したばかりの逸物にも、新しい膣洞がかぶさってくる。それどころか、両の腕、胴、太腿、脹脛にも跨られたようだ。

（動けねぇ……）

女の子の体重は軽いといっても、この人数に乗られてはもはや身動きは取れない。

さらに左右の乳首を吸われ、腋の下を舐められ、手の指はもちろん、足の指まで膣洞に入れられたようだ。

とはいえ、どうしても和馬の体に触れられる人数は限られている。

そこで順番待ちする女の子たちは、あぶれたもの同士、レズプレイを始めていた。

「あん、あん、あん、あん」

体育館内には百人を超すメスたちの喘ぎ声が響き渡り、牝臭に包まれた。

(ったく、どいつもこいつもドスケベ女ばかりだ。とはいえ、全員、俺が処女を割っちまった、俺の女だからな。俺が気持ちよくしてやらないと)

男としての使命感に燃えた和馬は、顔面に押し付けられた陰部を必死に舐め、膣穴に入った指を動かした。

「今日は、畠山先輩の生徒会長就任のお祝いですから、サービスします」

「あん、あん、あん、先輩のおち×ちん、やっぱりすごいです。もうイッちゃう」

「指でも気持ちいい。生徒会長、ほんと上手ですぅ」

満足した女の子は、他の女の子と代わるが、男は和馬一人である。

いかに必死に射精を我慢していても、何人かに一度は搾り取られてしまう。

女の子たちは、自分の番のときに射精してもらおうと競い合っているようで、どの娘の腰使いも凶悪だった。

とはいえ、この状態では、いくら射精してもたちまち再勃起してしまう。

隆々《りゆうりゆう》といきり勃つ逸物に、新しい女子たちが次々と乗ってきた。

和馬の股間は当然として、右手も、左手も、顔も、足にも女の子たちは思い思いに跨り腰を振って、陰部をこすり付けてくる。

彼女たちの垂れ流す淫らな液体で、和馬の体はビショビショになってしまう。

(こ、これは本格的に死ぬかも)

百人の痴女によって和馬の逸物は、徹底的に絞り取られた。

「ああん、もうイク〜〜〜」

女体の海に沈み溺れた和馬は、ただ射精を繰り返すことしかできなかったが、やがて最後の女の子も満足したようだ。

(やっと終わった)

気持ちよすぎる百人組手が終わったとき、和馬を中心に百人の裸の女の子が寝転がっていた。全員、膣内射精こそされなかったものの、どの女の子も体のどこかに精液を浴びたようだ。

意識が朦朧している和馬の耳に、芙美代の声が聞こえてくる。

「生徒会長のおち×ちんは、二見高校の女子生徒全員のものですから、生徒会でちゃんとスケジュール管理をいたします。ご安心ください」

どうやら、これだけの女の子がいながら、喧嘩騒ぎにならなかったのは、芙美代の仕切りがあったからのようだ。

すっきりした女の子たちは、一休みしたあと身支度を整えて帰路につく。

「先輩、とっても気持ちよかったです。またお願いしますね」

「次こそは、中出しで」

「おう、気を付けて帰れよ」

明るく元気に挨拶して去っていく少女たちに、和馬は笑顔で応じる。

みんな健康的な普通の女子高生に見える。とても、先ほどまで男をむさぼっていた痴女たちとは思えない。

(女ってわかんねぇ)

逸物から最後の一滴まで絞りとられた和馬は、女の持つ二面性に呆れるしかなかった。

「生徒会長、おはようございます」

土曜日に生徒会長に就任した和馬は、日曜日はほとんど自宅で寝てすごした。

そして、月曜日に改めて登校する。

駅のホームで会った芙美代は、まるで秘書のように半歩後ろをついてくる。

二見高校の生徒たちの、和馬を見る目がいちように変わったようだ。みないちいち挨拶してくる。

「おう、おはよう」

顔は見たことはあっても名前も知らないような生徒に、いちいち挨拶を返しながら和馬は感嘆した。

(これが生徒会長だけが見られる景色というやつか)

特に見たいと思ったことはなかったのだが、これはこれで悪い気分ではない。

(それにしても、先週はひどい目にあった。百人の淫乱痴女とのセックスとか、やるもんじゃねぇ)

通常どおりの授業が終わり、放課後になった和馬は、生徒会室に向かった。

和馬の後ろには、新生徒会の副生徒会長である芙美代と書記の飛鳥がついてくる。

「どうぞ、生徒会長さま」

芙美代が扉を開けてくれて、和馬は足を踏み入れる。

そこには担任の早苗が待っていた。

「わたしが生徒会の顧問となったわ」

「それはよかった」

気心の知れている先生に顧問になってもらえるのは素直にありがたい。

「うふふ、これで好きなだけわたしのことを弄べるわね」

すっかり生徒に調教されてしまった女教師は、自らの体を抱いて身悶える。

「あはは、そうですね」

いささか引きつった顔で同意した和馬は、改めて室内をぐるりと見渡す。

生徒会長戦に立候補するにあたって、生徒会長の五十嵐玲子の推薦をもらうためにお邪魔して以来、何度か入室している。

そのときは、客人というかたちであったが、今度は自分が部屋の主となったのだ。新鮮な気分になる。

頭を掻いた和馬は、背後で扉を閉める芙美代に文句を言う。

「生徒会長さまはやめろ。気持ち悪い」

「二人っきりのときは、いままでどおりご主人様と呼ばせてもらいますから、ご心配なく」

「いや、それも……まぁ、いいけど」

いまさらだと思い、和馬は諦めのため息をつく。

「それはそうと、おまえのおかげというか、せいで本当に生徒会長になっちまったなぁ……その、いちおう、礼を言っておく。ありがとう」

芙美代は目を大きく見開いた。

「まぁ、ご主人様がわたしにお礼をいってくれるだなんて……」

「ちょっと待て、そんなに驚くことか。俺、そんなにおまえに対して当たり悪いか？」

そこに飛鳥の軽い声がかかる。

「あれ〜、自覚なかったんですか？　畠山先輩の、菊池先輩への態度ってかなり亭主関白だと思うよ」

「いいのよ。わたし、尽くすの好きだし」

健気な表情を作ってみせた芙美代は、にっこり笑って後輩をたしなめる。

「そういう言い方されると罪悪感を覚えるな。そうだな、菊池、お礼をしたいけど、なにか欲しいものはあるか？」

「あー、菊池先輩だけずるい〜」

頬を膨らませる飛鳥を片手でなだめつつ、和馬は促す。

「金は大してないが、精いっぱい希望に応えられるように努力はするぞ」

「そうですね」

顎に指を添えた芙美代は、考えながら口を開いた。

「では、お言葉に甘えて、椅子にしてもらいましょうか？」

「椅子？」

「はい。マゾ女の夢、人間椅子です」

にっこりと笑われて、和馬は戸惑う。

「いや、まぁ、おまえがそういうのやりたいなら、まぁ、止めねぇけど……」

お礼をするといって促して、引き出した答えである。できるのに却下するわけにはいかないだろう。

「うわ、菊池先輩のどマゾっぷりも筋金入りですね〜」

飛鳥は興味津々といった顔で喜んでいる。

「それでは、やりますね」

生徒会長席の椅子は退けられた。代わって制服姿の芙美代は四つん這いになる。

「おまえの背中に座ればいいのか？」

「はぁ、はぁ……はい。お願いします」

自分の所業に興奮しているらしく、芙美代は顔を赤くして息を荒らげている。

(ったく、しょうがねぇな、この変態女は……)

呆れながらも和馬は、白いセーラー服に包まれた背中に腰を下ろそうとした。しかし、その直後で強烈な罪悪感を覚えて止まる。

(いや、しかし、いくらなんでも女を椅子にして座るというのは……)

和馬が逡巡していると、芙美代が促す。

「ご主人様、お願いします。わたしの背中にお座りください」

「わ、わかったよ」

覚悟を決めた和馬は、芙美代の背中に腰を下ろす。

「うっ」

「重くないか？」

和馬は机に手を置き、できるだけ体重をかけないように努力する。

「だ、大丈夫です、ひっ」

芙美代が裏返った悲鳴をあげた。

何事かと様子を窺うと、飛鳥が屈みこみ、芙美代の紺色の襞スカートをたくし上げていた。

ピンクのパンティが丸出しになっている。そこに飛鳥もまた猫のように四つん這いになって覗き込む。

「うわ、先輩のパンティ、もう濡れ濡れですよ。先輩、ヘアがないから、もうオマ×コが完全に浮き上がっています。エロ～」

「ああん、飛鳥、許して」

「こんな濡れたパンティを穿いていたら風邪ひいちゃいますよ。脱がしますね」

言葉責めをしながら飛鳥は、尊敬する先輩のパンティを脱がすと、あらわになった陰部に顔を埋めた。

ピチャピチャピチャ……。

「あはっ、菊池先輩のオマ×コ汁、おいしいです」

「あ、ああん、ああ、飲まないで……」

尻の下で繰り広げられるレズプレイを、和馬は黙って聞いていた。

(くつろげねぇ……こういう場合、どうしていいのかわからん)

どマゾ女が男の尻に敷かれて喜んでいるのはわかるのだが、残念ながら和馬にはそれを喜ぶ感性を持っていなかった。

「それじゃわたしは、ご主人様のほうにご奉仕しようかしら？」

そう言って早苗は机の下に潜り込むと、和馬のズボンの中から逸物を引っ張り出す。

土曜日には死にかけたというのに、一日休んだだけで逸物は元気いっぱいに復活していた。

「あ、ちょっと」

「まぁ、ご立派」

止める間もなく早苗は逸物を口に含んだ。

「おっ」

口いっぱいに男根を頬張った早苗は、ジュルジュルと男根を啜る。

（うわ、先生のフェラチオ、やっぱりうまい）

同級生の背に座り、その陰部を後輩に舐めさせながら、自らもまた女教師にフェラチオされる。

なんとも贅沢なひと時だ。

「……」

和馬が恍惚の時間をすごしていると、扉がノックされた。

コンコン。

和馬が返事をするよりも早く、扉が開く。

このような姿を、だれかに見られたら一大事だ。

ドキッとしたが、入ってきたのは、前生徒会長の玲子であった。

「ご隠居として、陣中見舞いにきましたわよ」

艶やかな長髪を右手で払った玲子は、生徒会長の執務机の前に立つ。

「どお？　生徒会長の椅子の座り心地は」

「あ、はい」

「ん？　奥歯にものが挟まったような言い方ですわね」

パッツンと切りそろえられた前髪の下の美しい眉をひそめた玲子は、身を乗り出して和馬の顔をじっと見つめる。

「いや」

冷や汗を流し視線を泳がす和馬の態度に、なにか悟るところがあったのか、玲了は和馬の周りをじっくりと観察。

そして、机の下の惨状に気づいた。

「菊池さんに、橋本先生に、北川さん。まったく、初日からこれですか？　畠山くん、神聖な生徒会室をなんだと思っているのかしら？」

「あはは」

和馬としては笑ってごまかすしかない。

「でもまぁ、ここならいくらでもセックスできますしね」

そう言って、和馬の目の前で机に腰をかけてきた。

玲子は、制服の胸元をたくし上げ、白い形のいい双乳を和馬の鼻先に差し出す。

「わたくしは、おっぱいでご奉仕して差し上げますわ。どうぞ、ご主人様」

クールに笑った玲子は、和馬の頭を抱いて自らの胸に押し付けた。

「うむ」

和馬は反射的に小粒梅干しのような乳首に吸い付く。

「ああ……」

玲子は気持ちよさそうに嬌声をあげてのけぞった。

(くぅ……この幸せ。生徒会長になってよかった)

だれもが認める絶世の美人である前生徒会長、大人の魅力溢れる女教師、同級生の巨乳美女に、かわいい後輩。これらはみな、自分の女である。

多幸感に包まれながら和馬は射精した。

ドビュユユッ！

「うむ」

早苗が器用に男根を啜って、すべて口内に収めてしまった。

「もう、ダメ……」

ビクビクビク……。

どうやら、飛鳥に悪戯されていた芙美代もイッってしまったらしい。

人間椅子になっていた芙美代が、つぶれる。

「大丈夫か？」

慌てて立ち上がった和馬は、床につぶれた芙美代を抱き寄せる。

「あ、はい」

和馬の胸に抱かれて、芙美代は赤面して顔を背ける。

それを飛鳥がからかう。

「菊池先輩、愛されていますね～」

それに早苗も同調する。

「自分の愛する男の夢を叶えるために、ここまで尽くせる女はそうはいないわ」

玲子も太鼓判を押した。

「生徒会長にまでしてしまうんだからね」

三人に持ち上げられて、芙美代は盛大に照れる。

「わたしなんて、そ、そんな、所詮メス奴隷ですから。ご主人様は、わたしの体だけが目当てなんです」

「またまたそんなこといって、先輩、いまさらそういう卑下はいりませんから……」

飛鳥が笑いながら否定する。そこに芙美代はぼそりと呟いた。

「だってわたし、みんなと違って、キスすらしてもらってないし……」

「えっ⁉」

芙美代の告白に、あたりにはなんとも言えない空気が流れた。

一同のジト目が、いっせいに和馬に集まる。

「そ、そういえば、そう……か？」

この一週間、芙美代と一線を超えてからの怒濤の女性関係が続いた。当然、いろいろな女性と接吻を交わしてきたのである。そんな中で、芙美代と唇を合わせたことがあるかどうか思い出せない。

和馬としては、いまさら重要なこととも思えないのだが、女たちの視線はかつてないほどに批判的であった。

代表して玲子が口を開く。

「畠山くん、菊池の処女は奪ったわよね」

「はい」

気圧されながら和馬は頷いた。

ついで早苗が口を開く。

「菊池さんを剃毛したんでしょ」

「いやまぁ、そいつモリマンだし、似合うかなぁって思って」

悪乗りしてやってしまったことは否定できない。冷静に考えると、ひどいことしたなぁ、と和馬も思う。

和馬は三人の女に、芙美代とのセックス体験を根掘り葉掘り聞かれた。

嘘をつける雰囲気ではないので、和馬は素直に答える。

それを傍らで聞かされている芙美代にとって、死ぬほど恥ずかしい責めであったことだろう。

顔が真っ赤で、涙目になってしまっている。

風呂場でアナルセックスして、失禁しているところを弟に見られたという珍事については、質問されなかったので黙っておいた。これが露見したら、さすがの芙美代も立ち直れないダメージを受けただろう。

一とおり聞き終えたところで、玲子が呆れ顔で口を開く。

「なるほどね。フェラチオを仕込んで、パイズリをさせて、アナルセックスもした。それじゃ改めて聞くけど、菊池さんの体の中で、あなたの見たことのない場所は残っているのかしら？」

「な、ないと思います」

女たちの迫力に負けて和馬は怯える。

「もう一つ、菊池の体の中であなたの精液が浴びせられたことのない場所は残っているかしら？」

「それもないと思います」

和馬の返答を一とおりきいた玲子は、怖い顔で睨んでくる。

「それでキスだけしてない？」

和馬は考えながら、恐るおそる答える。

「言われてみると……ないかも」

「どんだけ鬼畜なのよ！」

玲子に一喝されて和馬は慌てる。

「いや、キスをしたかしないかって、そんなに問題になることか？」

そこに飛鳥が割って入る。

「はい。ひどいと思います。菊池先輩、かわいそうです」

「うん、さすがのわたしもヒクわ～」

早苗まで非難してくる。

「いや、セックスはしているわけだし、キスぐらいのことで」

「好きな男にキスされたくない女はいないわ。というか、セックス以上にキスされたいものよ」

「好きも嫌いも、菊池は俺のメス奴隷になりたいだけで……」

和馬の言い訳に、玲子は呆れる。

「本気でいっているの？」

「完璧に見えた畠山先輩に、まさか女心が読めないという弱点があったとは……」

飛鳥も呆れた顔になっている。

早苗は首を横に振るう。

「あれだけ熱烈にアピールされていて自覚がないというのは、もう立派な犯罪ね」

「そ、それぐらいに……」

いたたまれないといった様子で芙美代が割って入るが、玲子は無視した。

「毎朝、同じ電車に乗って通学して、どうしても壁が崩せないと知れば、特別な関係を作るためにわざわざオナニー姿を見せつける。そして、男の夢がハーレムだと知れば、本気でハーレム作ってやろうなんて企《たくら》む女の動機がわからないですって」

毎朝、同じホームで出会うのは偶然ではなく、芙美代が意図的に合わせていたというのか。あの放課後のオナニー姿は偶然見てしまったのではなく、意図的に見せつけて、好んでメス奴隷になりたいと言ってきたというのか。

まったく考えていなかった芙美代の行動理由に驚いて、和馬は改めて芙美代の顔を見た。

自称マゾ女で、自ら恥ずかしいことを望んでやってきた女が、いまや顔が真っ赤で泣きそうである。

和馬は恐るおそる口を開いた。

「もしかして、菊池って俺に惚れているのか？」

「ベタ惚れでしょ！」

玲子は決めつけた。

「恋の奴隷だと思います」

飛鳥も断言した。

「気づいていなかったのは、畠山くんだけね」

早苗は肩を竦める。

和馬は芙美代の顔をまじまじと見た。

カーッ。

芙美代の顔がかつてないほどに真っ赤になっている。眼鏡の下で目まで真っ赤だ。

和馬は恐るおそる質問した。

「そ、そうか？　と、ということは、俺はおまえの手のひらで最初から最後まで踊らされていたということか」

かつて和馬は、芙美代ならばどんな男でも手玉に取れるといったが、まさに自分が手玉に取られていたのだ、と自覚した。

「ご、ごめんなさい……」

芙美代は怯えたようにビクビクと肩を震わせている。

「いや、別に謝られるようなことでは……」

パシン！

後頭部を玲子に叩かれた。

「ほら、とっととキスしなさい。こういう場合は百の名言よりも、一回のキスよ」

「あ、ああ……」

戸惑いながらも和馬は芙美代の肩を抱くと、顔を上げさせた。そして、涙目の女の唇に自らの唇を重ねた。

「うっ、うむ、うむ」

和馬と芙美代は、ごく自然に唇を開き、舌を伸ばした。

夢中になって舌を絡めて、唾液を啜る。

(これが菊池とのファーストキスか)

セックスしまくってきた女だというのに、初めて唇を重ねるというのは、不思議な気持ちだ。

「とはいえ、いまはわたくしも惚れていますからね」

そう言って玲子は屈みこみ、和馬の逸物を咥えてきた。

「そうです。ぼくも畠山先輩のこと大好きですから」

飛鳥が肉袋を咥えてきた。

「メス奴隷から恋人昇格とか、ありえませんから。少なくとも、高校卒業までは許しません」

そう言って早苗は、和馬の尻を割り、肛門を舌で舐めてきた。

「うお」

和馬は逃げようとしたが、芙美代は接吻を離そうとはしない。

（こいつ、どんだけキスに飢えていたんだよ）

呆れながらも、芙美代がかわいく思えて付き合ってやる。その間、肉棒は啜られ、睾丸は弄ばれ、肛門は舐めほじられた。

（き、気持ちよすぎる。まったく痴女ってのは最高だな）

痴女たちの奉仕に和馬が酔いしれていると、肝心の肉棒を咥えていた玲子が口を離した。

「ああ、もういつまでキスしているのよ。わたくし、もう我慢できませんわ」

立ち上がった玲子は、生徒会長の執務机に腹這いになると、スカートをたくし上げてパンティを引きずり下ろした。

すっきり引き締まった尻があらわになる。そして、自ら肉裂を開いて見せた。

「ご主人様、入れて〜」

見るからに、やんごとなき生まれのお嬢様といった雰囲気の女性が取る態度ではないだろう。

「ぼくだって、ほしい！」

肉袋から口を離した飛鳥もまた机に飛び乗ると、玲子の右側で片足を上げて、くぱぁをしてみせた。

「まったく、若い子は我慢がききませんわね」

和馬の尻から顔を抜いた早苗もまた机に乗ると、玲子の左側でM字開脚してみせる。

「若い女ばかりじゃ物足りないでしょ。い・れ・て」

美人と美女と美少女。三者三様の女性器を見て和馬の逸物はたぎる。

しかし、芙美代は接吻を終えようとはしない。

(しかたねぇな)

和馬は芙美代と接吻したまま、手探りで三人の女性器を探った。

クチュクチュクチュクチュ……。

「ああ、そこいい」

「やっぱり、先輩、上手」

「ええ、畠山くんにかかったら、女は牝オチするしかないわね」

女たちのリップサービスだとわかっていても、悪い気はしない。

和馬はいきり勃つ逸物を、三つの蜜壷に順番に入れた。

「ああ、気持ちいい、気持ちいい、気持ちいいわ」

(五十嵐先輩のオマ×コって外見どおり完璧なんだよな。ブツブツした数の子天井で、キュッキュッと締めてくる。まさに名器って感じだぜ)

搾り取られる前に引き抜いて、左の穴に入れる。

「先輩のおち×ちん、大きくて硬くて、すごいです」

(くー、この若さ溢れるオマ×コ。狭くて硬くて猫の舌のようにザラザラしている。油断するとあっという間に持っていかれるな)

なんとか射精欲求に耐えながら引き抜き、今度は一番左の穴に移動する。

「ああ、教え子のおち×ちんって最高だわ」

(橋本先生のオマ×コは、さすがに大人の女ならではというか、このまったりと包み込んでくれる感覚、いい。癒されるわ)

和馬は三つの蜜壺の犯し心地を堪能する。

どの膣洞の中にも、ずっととどまり射精するまで腰を振りたいが、そうもいかない。

(とはいえ、このままじゃ埒《らち》があかない。別に今日で最後というわけじゃないんだ。とりあえず今回は……五十嵐先輩のオマ×コで出させてもらおう)

三つの蜜壺のどれが気に入ったというわけではない。とりあえず、真ん中にあったという理由で、玲子を選んだ。

同時に和馬は両手を伸ばし、飛鳥と早苗の陰部へと手を伸ばした。

「ひぃ」

「そこは……」

和馬は膣穴に指を入れただけではなく、肛門にも指を入れてやった。

膣穴に入れた中指と、肛門に入れた親指で、狭間の肉壁を摘まんで揉んでやる。

「ひぃあああ」

「それ、だめぇぇぇ」

メスたちの悲鳴を聞きながら、和馬は思いっきり腰を使った。

「う、うむ」

和馬との接吻に夢中になっていた芙美代であったが、以心伝心といったところだろうか。右手を伸ばすと、中指を玲子の肛門に押し込んだ。

「ああ、菊池さん、そこ、そこはらめぇぇぇ」

芙美代の指が、肉壁越しに肉棒の背を押してくる。

いつもと違う刺激に、和馬は高まった。

「ひぃ、ひぃ、ひぃ、気持ちいい、ああ、ああ、ああ、ああ、もう、もう、もう、イクぅぅぅ」

早苗、飛鳥、そして、玲子。三人とも膣洞と肛門の狭間の肉壁を挟まれる刺激に、白目を剝き、涎を垂らした。

（くー、最高）

和馬は左右の指で早苗と飛鳥の二つの穴に入れながら、芙美代の唇を吸いつつ、玲子の膣穴に射精した。

ドビュ！　ドビュ！　ドビュユユユッ！

「あああ、きた、きた、きた、きたー!!」

数の子天井の肉壺が吸引して、男根を貪る。

「はぁぁぁぁ」

射精が終わると、玲子は机に接吻して脱力。

芙美代もようやく満足したのか、接吻を終える。しかし違った。

突如として、芙美代と飛鳥と早苗とが競って、射精を終えたばかりの男根に詰め寄ったのだ。

「さぁ、次はわたしよ」

「いえいえ、ぼくですよ」

「先生に譲りなさい」

その言い争いを、和馬が収めようとしたときだ。

生徒会室の扉が開いて、女の子たちが雪崩のように乱入してきた。

「あ〜、やっぱりやっている」

「生徒会長のおち×ちんは女子生徒全員のものですよ。生徒会で独占することは許されません」

「生徒会長の一番大事なお仕事は、女生徒の性欲を満たすことだと思います」

その勢いに、和馬はなすすべがなかった。

なし崩し的に大乱交が始まる。ただ一人、先に中出しされて満足していた玲子が、呆れた顔で室内の惨状を眺める。

「やれやれ、これでは生徒会室は、やり部屋ですわね」

「うふふ、生徒会長となったのですから、身を粉にして働いてもらわないと……主におち×ちんで」

揉みくちゃにされている和馬の姿に、芙美代は満足そうに笑った。

ナマイキ《なまいき》巨乳《きょにゅう》優等生《ゆうとうせい》 放課後《ほうかご》は《は》僕《ぼく》専用《せんよう》肉玩具《にくがんぐ》

二〇二一年七月十日 初版発行

著者◉竹内けん【たけうち・けん】

発行◉マドンナ社

発売◉二見書房

東京都千代田区神田三崎町二-一八-一一
電話 〇三-三五一五-二三一一（代表）
郵便振替 〇〇一七〇-四-二六三九

印刷◉株式会社堀内印刷所 製本◉株式会社村上製本所 落丁・乱丁本はお取替えいたします。定価は、カバーに表示してあります。

ISBN978-4-576-21085-8 ◉Printed in Japan ◉©K. Takeuchi 2021